COLECCIÓN

VIAJES EN LA FICCIÓN

CHIADO

BOOKS

www.chiadobooks.es

Un libro es más que un objeto. Es un encuentro entre dos personas a través de la palabra escrita. Éste es el encuentro entre autores y lectores que Chiado Books busca todos los días, trabajando en cada libro con la misma dedicación, como si fuera el único y último, siguiendo la máxima de Fernando Pessoa "pon cuanto eres en lo mínimo que hagas". Queremos que este libro sea un reto para usted. Nuestro reto es merecer que este libro forme parte de su vida.

www.chiadobooks.es

CHIADO
B O O K S

España | América Latina
Paseo de la Castellana, 95, planta 16 – 28046 Madrid
Passeig de Gràcia, 12, 1.ª planta – 08007 Barcelona
Brickell Avenue 1221, Suite 900 – Miami 33131 Florida United States of America

Portugal | Brasil | Angola | Cabo Verde
Edifício Chiado – Rua de Cascais, 57, Alcântara – 1300-260 Lisboa, Portugal
Conjunto Nacional, cj. 205 e 206, Avenida Paulista 2073,
Edifício Horsa 1, CEP 01311-300 São Paulo, Brasil

U.K | U.S.A | Irlanda
180 Picaddilly, London – W1J 9HF
Brickell Avenue 1221, Suite 900 – Miami 33131 Florida United States of America
630 Fifth Avenue – New York, NY 10111 – USA

Italia
Via Sistina 121 – 00187 Roma

Título: REVELACIONES. Advenimiento
Editor: Iria Calvo
Composición Gráfica: Andreia Monteiro
Portada: Lorena Palacios
Ilustración de Portada: Olga Nieves
Revisión: Jhony Aguirre

Impresión y Acabado:
CHIADO
PRINT

1.ª edición: Julio, 2019
ISBN: 9789895247714
Depósito Legal n.º 448596/18

Jhony Aguirre

REVELACIONES
Advenimiento

CHIADO
B O O K S

España | América Latina

Agradecimientos

Agradecimientos y amor a mis seres queridos Luis Alberto Aguirre, Lilia Restrepo, Paola Jiménez, Mayra Aguirre, Sofía Escobar Aguirre, Adrián Escobar, Laica y Canela, por su respeto e incondicional apoyo.

A Jorge Duque Linares mi agradecimiento por motivarme a publicar, como también mi reconocimiento, respeto y admiración como ser humano y profesional, que a través del tiempo ha sabido mantener su Actitud Positiva.

Agradecimientos a mis amigos Wilson Osorio y especialmente a Sandy Sanchez por su valiosa ayuda.

Ante todo, gracias a Dios nuestro Señor Dios, Jesucristo, Espíritu Santo y la Virgen María.

Amén.

Prologo

La humanidad ha recibido de diferentes maneras revelaciones ya sea en forma de profecías o de visiones acerca del futuro, que exhortan a modificar el comportamiento corrupto del mundo, so pena las posibles consecuencias, como lo sería el castigo Divino.

El libro se fundamenta en aquellos presagios consignados principalmente en los libros de la Biblia Católica, complementado con eventos religiosos considerados como milagros, lo que crea la base para una historia de ciencia ficción, horror y suspenso con cimiento en elementos reales, que le permitirá al lector determinar por cuenta propia qué es auténtico y qué es mito.

En el escrito se procura que el lector cuestione el adoctrinamiento dictado por el orden establecido y que es impartido desde la escuela, pasando por el colegio, hasta llegar a la educación superior, el cual es reforzado por los medios de comunicación y la sociedad, lo que hace que para muchos de nosotros dicho aleccionamiento se vuelva verdades incuestionables, así estén en oposición con la realidad que podemos percibir con nuestros sentidos o nuestro espíritu.

El lector puede controvertir los comunicados oficiales de líderes mundiales que se ven a diario en las noticias comparados con las Sagradas Escrituras y cómo estos jefes se contradicen, lo que hace pensar en una maniobra mundial por el control, haciendo uso de la mentira como herramienta.

El libro está escrito para aquellas personas que sienten que hay algo más en la vida, incómodos con lo que les han enseñado y que en lo profundo de sí mismos buscan respuestas, que en muchos casos esta parábola les ofrecerá.

En contexto, †Belcebú† ha sido enviado desde el †infierno† en una misión mortal: destruir a Mariana Vestal, quien representa la Iglesia del Señor, una mujer cuya vida inclinará la balanza entre el bien y el mal. Ella tendrá un defensor —el Arcángel San Miguel— enviado desde el cielo para protegerla. El †demonio† usa un pacto con †Satanás† para obtener una fuerza e inteligencia excepcional y así encontrar a Mariana, no obstante ¿hay alguna forma de detener al letal y prácticamente indestructible †demonio†?

Este ejemplar simboliza a la Iglesia Católica Mariana junto con sus actores y como esta es perseguida y atacada por sus enemigos tales como el ateísmo, quienes buscan destruirla.

En el escrito encontrarán las revelaciones dadas en las profecías aquí consignadas e ignorarlas afectarán nuestro   futuro   como   humanidad.

Debido al contenido espiritual de este libro se recomienda leerlo en voz baja o preferiblemente mentalmente.

8 9

REVELACIONES
Advenimiento

La ciudad, 13 de mayo de 2037 3:00 p.m.

Predicción ulterior

Una guerra está por acabar, sin embargo, los hombres no dejan de ofender a Dios, esto incitará otra aún peor. Cuando vean una noche alumbrada por una luz desconocida, sabrán que es la gran señal que nos da Dios de que Él va a castigar al mundo por sus crímenes, por medio de la guerra, el hambre y las persecuciones a la Iglesia y al Santo Padre.

Las naciones del mundo se han agrupado en dos grandes bloques que se oponen, se presenta una hostilidad bélica a gran escala, como también político, económico, social, militar, informativo, científico y deportivo. La disminución de recursos naturales hace que las naciones se enfrenten, tomando acciones directas uno contra el otro.

Por un camino se ve un obispo vestido de blanco que se presume sea El Santo Padre, seguido de lejos por varios otros obispos, sacerdotes, religiosos y religiosas, atravesó una gran ciudad, media en ruinas y medio trémulo, con andar vacilante, apesadumbrado de dolor y pena. Iba orando por las almas de los cadáveres que encontraba por el camino. Subiendo a una escabrosa montaña, encima de la cual estaba una gran cruz, de tronco tosco, como si fuera de alcornoque como la corteza.

Llegando a la cima del monte, el obispo postrado, de rodillas a los pies de la cruz, fue muerto por un grupo de soldados que le disparaban varios tiros y flechas, así mismo fueron muriendo unos tras otros los obispos, los sacerdotes, religiosos, religiosas y varias personas seglares. Caballeros y señoras de varias clases y posiciones. Bajo los dos brazos de la cruz estaban dos ángeles. Cada uno con una jarra de cristal en las manos, recogiendo en ellos la sangre de los mártires y con ella irrigando a las almas que se aproximaban a Dios.

Tal como fue profetizado en Fátima, si las naciones no se convierten consagrándose al Inmaculado Corazón de Nuestra Señora y ser así concedido al mundo algún tiempo de paz, esparcirán sus errores por el mundo, promoviendo guerras y persecuciones a la Iglesia, los buenos serán martirizados, la Iglesia tendrá mucho que sufrir, varias naciones serán aniquiladas.

Al lado izquierdo de Nuestra Señora la Virgen María, quien se encuentra por encima de una encina verde, su figura emana un gran resplandor, brillaba como el sol y era de una inmensa belleza. Un poco

más alto, cerca de ella estaba un ángel con una espada
de fuego en la mano izquierda. Al centellear despedía

llamas que parecía iban a incendiar el mundo. Pero, se apagaban con el contacto del brillo que de la mano derecha expedía Nuestra Señora a su encuentro. El ángel, apuntando con la mano derecha hacia la tierra, con voz fuerte decía: «Penitencia, penitencia, penitencia».

Luego se ve en una luz inmensa, que es Dios, algo semejante a como se ven las personas en el espejo. El destello lo envuelve todo alrededor con su luminiscencia.

El diablo, que los engañaba, fue lanzado en el lago de fuego y azufre donde estaban la bestia y el falso profeta; y serán atormentados día y noche por los siglos de los siglos. Donde el gusano de ellos no muere y el fuego nunca se apaga.

La bestia fue apresada, y con ella el falso profeta que había hecho delante de ella las señales con las cuales había engañado a los que recibieron la marca de la bestia y habían adorado su imagen. Estos dos fueron lanzados vivos dentro de un lago de fuego que arde con azufre.

Dios no perdonó a los ángeles que pecaron, sino que los arrojó al infierno y los entregó a prisiones de oscuridad, donde están reservados para el juicio.

Los †demonios† emergieron de la oscuridad del abismo. Por siglos trataron furiosamente de esclavizar a la Humanidad, pero la batalla final no se libraría en el plano Espiritual.
Se llevaría aquí, en nuestro mundo.

Esta noche...

La ciudad, hoy 3:00 a.m.

Una oscuridad profunda y silente, la ciudad aun con algunas calles iluminadas por las lámparas en los postes, el viento sopla en una noche fría. Las hojas de los árboles y los papeles en el suelo se mueven con el pasar del ventarrón.

Las aguas se endurecen como piedra y se congela la faz del abismo. La calma de la noche se interrumpe por explosiones de rocas ardiendo saliendo de la tierra, se abre un pasadizo que proviene desde lo profundo de la tierra donde está el Seol o Sheol, atravesando hacia la Guehenna también conocida como el infierno.

A través de aquel pasaje, desde un gran mar de fuego que parecía estar debajo de la tierra. Hundidos en este fuego estaban los †demonios† y almas, como si fuesen brasas transparentes y negras o bronceadas con forma humana, que flotaban en el incendio, llevadas por las llamas que de ellas mismas salían, juntamente con nubes de humo, cayendo para todos los lados, semejantes al caer de las chispas en los grandes incendios, sin peso ni equilibrio, entre gritos y gemidos de dolor y desesperación, que horrorizaba y hacía temblar de pavor.

Los †demonios† se distinguían por sus formas horribles y asquerosas de animales espantosos y des-

conocidos, pero transparentes y negros. De aquella la
visión del infierno suben gotas de lodo con flamas del

incendio que se van reuniendo de tal manera como si tuvieran vida propia, la masa de magma se va uniendo a las gotas una a una, modelando un cuerpo que se arrastra desde las entrañas del suelo, el olor es tan nauseabundo como el de una alcantarilla putrefacta mezclado con un fuerte olor a azufre.

Se forma una tormenta de fuego que se suspende sobre la superficie del terreno, configurando un torbellino que gira con fuerza, creando una silueta de fuego y humo, que arde a gran velocidad sobre el terreno, que a su vez va quemando las plantas y hierba a su alrededor, incluyendo la silueta de aquel ser que ya erguido es envuelto por las llamas. Poco a poco el torbellino disminuye su velocidad hasta disiparse por completo.

Aquello era un portal al abismo. Se ve la figura de un hombre que emerge de entre el fuego y la oscuridad, alto, desnudo, piel blanca, cabello corto de color negro azabache, igual que sus ojos, hermoso como un ángel, ha ascendido los escalones del precipicio y puesto allí desde las profundidades del abismo, un acantilado cerca de la gran ciudad es tan oscuro que ni se ve el mar, solo se escucha su breve sonido, como un chillido.

Aquel hombre camina casi que levitando, como levantado por la oscuridad del pozo sin fondo de donde proviene.

El nombre de uno de los muchos seres en su interior es †Belcebú†, en adelante denominado Daemon del latín †demonio†.

19 19

Él está posado sobre la faz de la tierra, hincado se asoma al precipicio y pronuncia:

Odium Humani generis Hail Satán
Salve †Satanas†, Salve †Satanas†, Salve †Satanas†
In nomine dei nostri †Satanas† luciferi excelsi Potemtum tuo mondi de Inferno, et non potest Lucifer Imperor
Rex maximus, dudponticius glorificamus et in modos copulum adoramus te
Satan omnipotens in nostri mondi.
Domini agimas Iesus nasareno rex ienoudorum
In nostri terra Satan imperum in vita Lucifer ominus fortibusObsenum corporis dei nostri satana prontem
Reinus Glorius en in Terra eregius Luciferi Imperator omnipotens
Hail †Satanas†, Hail †Satanas†, Hail †Satanas†

Que significa:

Odio a la raza humana, salve †Satán†.
Salve †Satanás†, Salve †Satanás†, Salve †Satanás†
En el nombre de nuestro gran †Satanás† †Lucifer†,
El más poderoso del mundo y del infierno, y poderoso Emperador Lucifer,
Máximo rey, glorificamos su mandato y en la unión le adoramos.
†Satán† es omnipotente en nuestro mundo. El domina el mundo de Jesús el Nazareno,

En nuestra tierra reina †Satán† y Lucifer da la vida a todo.
El cuerpo de nuestro †Satanás† llevamos, Reino de Gloria tiene en la Tierra, Lucifer Emperador omnipotente,
Salve †Satanás†, Salve †Satanás†, Salve †Satanás†.

Se levanta, camina acercándose al borde del precipicio, mientras fija su mirada y observa detenidamente hacia las luces de la gran ciudad en el valle.

Cerca de allí, en aquel desolado lugar, están tres hombres jóvenes y fornidos, por sus vestimentas y chaquetas manga larga camufladas oscuras se puede deducir que son cazadores.

Aquellos sujetos se hallaban de expedición, reunidos alrededor de una fogata, conversando y bebiendo licor junto a una camioneta verde militar oscura. Uno de ellos aviva el fuego mientras otro da un sorbo a una botella de licor. De repente ven a un hombre desnudo que va caminando serenamente hacia ellos, se trata de Daemon y el otro de los cazadores le dice:

—Miren, ¿qué le pasa a ese tipo?

Se burlan y ríen entre ellos.

Daemon, estando aun desnudo, se acerca de frente lentamente a ellos. Uno de los hombres, el que se encontraba sentado, se levanta del suelo, el otro

22 22

arroja la botella y el tercero se les une a caminar con ellos al encuentro de aquel ser. Entretanto se aproximan, se burlan de él. El cazador que tenía la botella le dice:

—"¿Tienes la ropa sucia?"

El tercer cazador le dice:

—"¿No tenías nada que usar?"

Todos ríen, mientras Daemon sereno y serio mira a su alrededor, inclina un poco la cabeza hacia adelante y luego observa al hombre del medio fijamente y le dice:

—Bonita noche para pasear.

A lo que los cazadores riendo responden:

—¿Tomando aire puro? ¿Eh?

Mientras los cazadores están riendo de nuevo.
Daemon: Tomaré sus pertenencias, cuerpos y almas.

Los tres hombres no lo toman en serio, se ríen y se miran entre sí. Mientras uno de ellos pasa su mano cerca de la cara de Daemon quien ni parpadea y le dice:

—"Este tipo esta drogado"

Otro de los hombres saca un cuchillo de cacería y se lo pone en el rostro a Daemon, lo intenta intimidar con la mirada diciéndole:

—Hijo de puta

Daemon reacciona golpeando al hombre a su izquierda, el hombre del medio con el cuchillo de cacería apuñala al †Demonio† sin hacerle gran daño, solo un rasguño, a lo cual Daemon empuja al cazador de frente enviándolo contra la camioneta, cayendo muerto luego sobre el suelo, por el impacto con el vehículo.

Este †Demonio† sostiene del cuello al tercer hombre, lo levanta del suelo con su fornido brazo izquierdo, haciendo un movimiento de la mano la gira a la izquierda, le rompe el cuello, saliendo sangre por la nariz del moribundo. Daemon suelta el cuerpo en el piso, que cae boca abajo con sangre saliéndole de los ojos. Observando su obra detenidamente, el †demonio† levanta su cabeza y mira fijamente al tipo que queda vivo y lo acorrala. Este hombre al no ver salida por haber quedado contra el precipicio de inmediato comienza a quitarse la ropa mientras pregunta:

—¿Qué o quién eres?

Daemon con una voz gutural que da pavor y escalofríos le dice:

—¡Somos los que residimos dentro!

En el otro lado de la ciudad, sobre el monte Osario, aún están encendidas las luces de la calle, una patrulla de la policía militar pasa a gran velocidad.

Sobre la acera, hay dos hombres y una mujer de pie conversando cerca de la esquina. Ellos al ver que la patrulla se acerca huyen para ocultarse, debido a que algunos sectores de la ciudad han sido militarizados por los disturbios en el orden público.

Al final de la calle hay un vagabundo sentado en el andén bebiendo licor de una botella sucia medio oculta en una bolsa de plástico negra, lleno de llagas, y ansiaba saciarse de las migajas que caían y aun los perros venían y le lamían las heridas. Él observa todo lo que sucede y divaga hablando solo, gritando mientras solloza:

—"¡Señor, te has olvidado de mí!"

A la par cruza el callejón un gato negro que maúlla a su paso.

Una barredora mecanizada parqueada es tratada de ser encendida por su conductor, un hombre de piel morena que le da inicio al motor sin éxito. Ambos, el indigente y el conductor, pueden ver las descargas eléctricas que de repente interrumpen la calma del amanecer, ráfagas de viento frio volteando en el cielo hasta crear una tormenta de aire que se suspende en las altu-

ras girando rápidamente, formando un vórtice con masas titánicas de aire turbulento que definen una silueta

de aire y energía de la cual se despiden relámpagos, descargas eléctricas y pedazos de granizo del tamaño de pelotas de béisbol que caen sobre autos y viviendas a su alrededor.

El firmamento actúa como la separación entre las aguas superiores de los cielos y las aguas bajas de la profundidad. Las aguas sobre el firmamento, más allá de la bóveda celeste, se abren para permitir el paso de un rayo de luz desde las alturas de los cielos, allí donde mora Dios. El rayo de luz atraviesa el vórtice y las nubes hasta llegar al suelo, que cae sobre la superficie de la tierra a gran velocidad.

Miles de orbes de luz viajan cruzando el cielo con mucha rapidez, desde las alturas hasta la superficie de la tierra, uniéndose van creando una silueta humana erguida.

De a poco esta supercélula disminuye su velocidad hasta desvanecerse por completo.

El conductor de la barredora mecanizada al ver esto sale rápidamente del vehículo y se aleja del lugar. El indigente se queda paralizado donde se encontraba, sentado en la acera observando todo.

Aquello era una puerta a los cielos. De entre la bruma que de a poco se disipa, se puede ver un hombre, desnudo e inclinado con la cabeza baja ante el Señor Dios en los cielos. Su enviado ha llegado a nuestro mundo.

ñor Dios en los cielos. Su enviado ha llegado a nuestro mundo.

En medio de la neblina que se dispersa, el hombre está posado sobre la tierra, en posición de plegaria, con una rodilla doblada, pronuncia una oración en latín:

Domine, defender nos in proelio.
Esto praesidium nostrum
contra nequitiam et insidias diaboli.
Imperet illi Deus, supplices deprecamur:
Dico Princeps militiae coelestis,
divina virtute in infernum et mittent
Satanam aliosque spiritus malignos,
qui pervagantur in mundo,
ad exitium animarum.
Amen.

Significa:

Oh Señor, defiéndenos en la batalla.
Sé nuestro amparo
contra las perversidad y asechanzas
del †diablo†.
Reprímale Dios, pedimos suplicantes,
que yo príncipe de la milicia celestial
arroje al infierno con el divino poder
a †Satanás† y a los otros espíritus malignos
que andan dispersos por el mundo
para la perdición de las almas.
Amén.

Se levanta del piso, alza sus ojos al cielo, se santigua En el nombre del Padre, del Hijo, del Espíritu Santo, Amen.

Al estar erguido, se vislumbra un hombre alto, fornido, piel blanca, cabello castaño oscuro con corte clásico, ojos penetrantes de color azul profundo, todo él con un esplendor propio. En el amanecer un ángel ha descendido del cielo.

Su nombre San Miguel, Arcángel. Su cuerpo desnudo, húmedo, aun cubierto por pedazos de escarcha que resbalan por su silueta. De su tronco se evapora el fluido disipándose de su piel tibia.

Miguel camina calmadamente, como levitando con sutileza sobre el suelo, llega hasta casi el final de la calle y encuentra al indigente echado en la acera de aquel callejón. El mendigo entre cartones le dice:

—¿Amigo viste ese resplandor? ¿Viste ese resplandor de luz?

Miguel lo mira al rostro con alegría y una sonrisa. Aún desnudo se inclina y cruza algunas palabras con aquel hombre. Le pregunta su nombre a lo que el mendigo responde:

—Yo soy Lázaro, todos me conocen por aquí. ¿Y tú quién eres?

Replica aquel hombre.

El arcángel le responde:

—Soy Miguel, no te alarmes, no voy a lastimarte, estoy aquí para ayudarlos.

Miguel lo conforta agregando:

—El Señor está contigo, nada te pasará.

Lázaro responde: Te comparto lo poco que tengo para que te cubras del frio.

Acto seguido él le entrega sus ropas a Miguel quien en agradecimiento le responde:

—Hoy estabas moribundo y ahora por tu fe vivirás de nuevo en la gracia de Dios. Él te lo ha de pagar.

Lázaro le responde:

Amen, ya lo ha hecho, ha escuchado mis oraciones, mi fe ha sido renovada.

En ese momento son interrumpidos por la sirena de una patrulla de policía militar que llega a la esquina de la cuadra, desde la cual mientras le apuntan con un arma le gritan:

—Deténgase.

Miguel se termina de colocar el pantalón, rápidamente toma el resto de la ropa del indigente, sin poder decir adiós a Lázaro quien se queda mirándolo con tristeza porque se va.

Miguel corre con prisa, descalzo por la calle, mientras el soldado le grita:

—Deténgase

El soldado continúa la persecución a pie, muy de cerca, sosteniendo su arma en la mano, una pistola Beretta 92 negra, quien pasa corriendo por el lado del indigente, quien le grita:

—Él es el enviado del Señor.

Mientras se puede ver que las llagas de Lázaro sanan. Otra patrulla militar trata de acorralar a Miguel, por lo que él se desvía corriendo hacia otra calle y es casi arrollado por un automóvil, él salta deslizándose por encima del capó del vehículo y continúa huyendo del soldado quien se mantiene siguiéndolo. Miguel Ángel voltea en una esquina donde llega el policía militar a pie y no puede verlo, continúa caminando iluminando el lugar con una linterna sin encontrarlo.

De repente, de entre la oscuridad Miguel Ángel se hace visible, toma al soldado de la ropa y lo lleva hacia la pared, forcejeando el militar hace un disparo de frente sin herir a nadie, Miguel logra colocar su mano derecha sobre la frente de aquel hombre, teniendo un efecto tranquilizador sobre éste; el soldado deja caer de a poco su brazo con el arma, la cual el Arcángel toma.

Miguel Ángel sostiene el arma con su mano izquierda mientras con la derecha toca la frente del soldado quien reacciona poniendo sus ojos como mirando hacia el horizonte, en una especie de trance y por fin Miguel logra serenarlo.

El Arcángel pronuncia una oración en voz muy baja:

Salmo 31,1-6
Yo me refugio en ti, Señor,
¡que nunca me vea defraudado!
Líbrame, por tu justicia;
inclina tu oído hacia mí
y ven pronto a socorrerme.
Sé para mí una roca protectora,
un baluarte donde me encuentre a salvo,
porque tú eres mi Roca y mi baluarte:
por tu Nombre, guíame y condúceme.
Sácame de la red que me han tendido,
porque tú eres mi refugio.
Yo pongo mi vida en tus manos:
tú me rescatarás, Señor, Dios fiel.

Mientras Miguel consigue que el policía se siente con calma sobre el piso, le dice:

—Estarás bien, el Señor está contigo.

Miguel toma el arma y la guarda en su pantalón, otra patrulla llega al lugar, recoge del suelo el resto de la ropa y corre hacia la puerta de un recinto que trata de abrir, pero está cerrada, él la derriba golpeándola con un hombro e ingresa para ocultase y terminar de vestirse.

Se trata de un gran almacén de objetos religiosos tales como velas, retratos del sagrado rostro de Jesús y el Divino Niño, estatuillas de la Virgen María, entre otros símbolos sagrados.

Hasta allí lo siguen dos soldados más. Miguel Ángel se camufla tras uno de los altos mostradores que hay en aquel lugar, se coloca la camisa, que curiosamente tiene una raya o trama de color índigo, similar al manto de Jesús durante su ejecución.

Él camina cerca de la vitrina y en un vestidor encuentra un abrigo largo color café oscuro. En el piso halla unas sandalias tres puntadas. Entretanto los dos soldados lo buscan cuidadosamente caminando cerca de las vitrinas. Luego de que un soldado pasa cerca de él sin haberlo visto, debido a que está oculto tras el aparador, Miguel Ángel se coloca las sandalias. De un mostrador toma una biblia y una camándula, cierra sus ojos y dice:

—Señor por favor bendice y compensa al propietario de estos objetos. Amen.

Caminando sigilosamente se escabulle a través de unas escalas de servicio abriéndose paso por entre los objetos. Mira sobre una de las vitrinas una estatuilla del Arcángel San Miguel derrotando a un †demonio†, la observa detenidamente por un momento y continua su camino.

Esquivando a los soldados, llega a la calle por una puerta trasera, logrando escapar, caminando sin ser atrapado, mientras otra patrulla de la policía militar cerca al lugar pasa por su lado, sin identificarlo, por lo que él decide continuar transitando calmadamente y alejarse de aquel sitio, cruzando la calle, dirigiéndose lentamente hacia otro callejón para evadirse.

Mientras tanto, en otro lugar de la ciudad, ya de día, una estudiante, joven mujer, ella tiene los ojos del cielo más azul como si hubieran pensado en la lluvia. Su cabello es como un cálido y seguro lugar donde refugiarse y rezar para que los truenos y la lluvia calmadamente pasen, bella y alegre, conduce un pequeño vehículo con dirección a la universidad. Ingresa al parqueadero y coloca el auto en su celda, la gente transita a su alrededor, conversando entre si. Mientras se baja, organiza el morral con sus útiles.

Por su lado pasa trotando una pareja en ropas deportivas y acompañados por un perro, un lobo siberiano, que Mariana observa y saluda con ternura.

Ella luego camina hacia la entrada de la institución e ingresa las puertas de acceso deslizando su tarjeta de identificación, en el carné se lee Mariana Vestal, mientras el lector le permite entrar.

En otro lugar, se halla Daemon, vestido con ropas de cazador, botas, pantalón, camisa y chaqueta camu-

38 38

flados, él encuentra dentro de la cama de la camioneta armas y municiones. Sube al vehículo, lo enciende y se dirige hacia el centro de la ciudad.

Mariana dedica su tiempo a estudiar y a su empleo como asistente de profesor, por una parte en la materia de Teología, ciencia que trata de Dios y del conocimiento que el ser humano tiene sobre Él. De otro lado también es auxiliar en la materia de Filosofía, que es un conjunto sistemático de los razonamientos expuestos por un pensador.

Pasa el día entre estudiantes, revisando pruebas y leyendo libros. Comparte su empleo con su compañera de estudios Sofía.

Mariana dicta una clase taller a un par de estudiantes, está teniendo un mal día debido al estrés por estar muy atareada, lo que le impide concentrarse completamente.

Uno de los estudiantes le dice:

—Oiga, se equivocó con mi nota, tenga más cuidado.

El estudiante se acerca para mostrarle el error en la nota, mientras ella revisa el examen es distraída por este, entretanto el compañero del estudiante aprovecha el momento para jugarle una broma a Mariana, cuando ella está concentrada revisando la nota, se le acerca sigilosamente, usando una máscara de un †demonio† horrenda, la toma del hombro por sorpresa, dándole un gran susto, a lo que

Mariana grita y se exalta, a punto de caerse de la silla, quedando petrificada por la impresión.

Jhony Aguirre REVELACIONES. AdVENImIENtO

Mariana grita y se exalta, a punto de caerse de la silla, quedando petrificada por la impresión.

Los dos estudiantes salen riendo y corriendo. Uno de ellos dice:

—Bien hecho amigo.

Mientras huyen del aula, se cruzan en la puerta con Sofía quien entra al salón de clase y encuentra a Mariana aun asustada, le pregunta:

—¿Qué te sucede?

A lo que ella responde:

—Ha sido un mal día.

Sofía le responde como en broma:

¿Es usual, has visto las noticias? Parece el fin, míralo así, a nadie le va a importar cuando se acabe el mundo.

A lo que Mariana la mira desconcertada, respira profundo e inclina un poco la cabeza sobre sus brazos en el escritorio.

Daemon llega a una tienda y observa el gran aviso en el exterior que dice Henna Tatoo Shop. En ese momento un hombre en ropas oscuras y aspecto gótico sale del establecimiento al que él ingresa. Una vez dentro, ve de pie tras la vitrina al tatuador, hombre adulto de aproximadamente 60 años, de camiseta negra y jean azul, con tatuajes desgastados en sus brazos y cuello.

Daemon: ¿Tiene ¿†Cabeza de cabra†?

Tatuador: ¡Claro que sí!

El Tatuador le va mostrando los diseños en pantalla mientras hablan:

—Puede hacerse en Henna o tinta.

Daemon: ¿¿†Pentagrama invertido†?

Tatuador: Estos símbolos son "Llaves" que abren las puertas a lo oculto.

Daemon: †Hexagrama†.

Tatuador: Lo que puede generar un conflicto entre estos símbolos y sus creencias personales.

Daemon: †Cruz invertida†.

Tatuador: Bueno ¿Cuál quiere?

Daemon: Todos

Tatuador: Al parecer será una buena semana.

Daemon continúa observando símbolos †Satánicos†, mientras el tatuador se voltea para buscar los insumos   requeridos   le   dice:

—Estos símbolos son invocaciones que abren puertas al mundo espiritual, y que al tenerlos o usarlos estaría permitiendo que su hogar, su trabajo, o sus relaciones sean afectadas.

Daemon observa detenidamente a su alrededor y puede ver la máquina para tatuajes, la toma y habla cambiando su voz a una muy fuerte, gutural, que pasa de aguda a grave, diferente a la que tenía, dice:

—Exacto.

Mientras le clava la máquina para tatuajes con la aguja sobre el pecho al tatuador, con la cual lo traspasa incrustándolo en la pared.

Miguel camina entre las calles. Ve numerosos edificios luminosos, con fachadas que proyectan sobre pantallas imágenes alusivas a símbolos maléficos, entre ellos uno que sobresale, el ojo de una serpiente que pareciera observar todo y a todos.

También puede ver en otra pantalla la publicidad de una marca deportiva proyectada sobre un edificio, en la que muestra a un jugador de futbol que luce su indumentaria, camiseta, pantaloneta y guayos, celebra el gol que acaba de hacer corriendo hacia la tribuna y hace un gesto en el que se coloca la mano derecha sobre su ojo derecho haciendo un circulo con los dedos pulgar e índice y manteniendo extendidos los dedos medio, anular y meñique, que simboliza el †666† que corresponde al número   de   †Satanás†.

Miguel se mezcla entre la multitud de personas, ve a los hombres y mujeres, contaminados por las malas intenciones, también conocidos como los pecados, quienes no han tomado conciencia del mal en sus acciones equivocadas y lo que implica para ellos mismos y para los demás.

Las malas intenciones que salen de sus corazones, fornicaciones, robos, asesinatos, adulterios, avaricias, maldades, fraude, libertinaje, envidia, injuria, insolencia, insensatez, vienen siendo realizadas por las muchedumbres, a la vista de todos, sin control, sin ley y piensan que sin Dios.

Ha pasado una suave llovizna, las calles y en general el piso están húmedos. Miguel, se oculta en un callejón, agachado, encubierto. Él revisa la biblia católica que tomó prestada del almacén religioso, la pasta es roja y en la portada tiene una gran cruz romana de color dorado. Es un libro grueso y grande, que abre con cuidado, lo lee detenidamente. Extrae algunos pasajes, información de su misión, la subraya con un marcador y escribe mensajes en ella. Recita en voz alta el pasaje 1 Corintios 13:4-7:

—"El amor es paciente, es bondadoso. El amor no es envidioso ni jactancioso ni orgulloso. No se comporta con rudeza, no es egoísta, no se enoja fácilmente, no guarda rencor. El amor no se deleita en la maldad, sino que se regocija con la verdad. Todo lo disculpa, todo lo cree, todo lo espera, todo lo soporta."

Miguel, con su cabello y cara aun mojados mira hacia los cielos y dice pausadamente:

—¡Señor! ¡Dios! Es este un dolor muy grande, casi insoportable, te pido por favor me fortalezcas, me llenes de tu amor y del Espíritu Santo para cumplir mi misión. Amen.

Una vez termina su oración él baja su cabeza, de la cual ruedan pequeñas gotas de lluvia hacia su frente y rostro, cierra el libro, se pone de pie y guarda el ejemplar en su abrigo, se deshace del arma del soldado, no antes sin desbaratarla con sus manos y tirarla en partes a una caneca de basura en la calle. Camina fuera del callejón, hacia la calle principal, mezclándose con los ciudadanos a su alrededor.

En uno de los almacenes de equipos electrónicos, en un televisor exhibido en una vitrina a espaldas de Miguel, se ve el video y se escucha la canción "Whitesnake – Here I Jo Again de 1987":[1]

I don't know where I'm goin'
But I sure know where I've been
Hanging on the promises in songs of yesterday
An' I've made up my mind,
I ain't wasting no more time
Here I go again, here I go again

---

1 "Whitesnake — Here I Jo Again '87":
Autores: David Coverdale y Bernie Marsden.
Firma discográfica: Universal Music

Año de publicación: 1987

"Tho' I keep searching for an answer
I never seem to find what I'm looking for
Oh Lord, I pray you give me strength to carry on
'Cause I know what it means to walk along the lonely
street of dreams

Here I go again on my own
Goin' down the only road I've ever known
Like a drifter I was born to walk alone
An' I've made up my mind, I ain't wasting no more time"

Que traduce:

No sé adónde voy
pero, seguro sé dónde he estado
colgado en las promesas
en canciones viejas
y he decidido
no perder más tiempo
pero, aquí voy de nuevo
aquí voy de nuevo

Así que sigo buscando una respuesta
Nunca parezco encontrar lo que busco
Oh Señor, rezo
para que me des la fuerza para continuar
porque sé lo que significa
caminar a lo largo de la solitaria calle de los sueños

Y aquí voy otra vez yo solo
Bajando por el único camino que he conocido
Como un vagabundo, nací para caminar solo

Pero, he decidido
No perder más tiempo"

Mientras las estrofas anteriores de la canción siguen escuchándose en el fondo, Miguel camina por ese mismo andén, el cual está al frente del almacén religioso y ve que hay numerosas personas allí y escucha que una mujer adulta mayor exclama:

—¡Es un milagro! ¡Un milagro del Señor!

Entre el alborozo de la gente allí reunida. En una de las paredes se puede ver que se formó la imagen de la Virgen María sobre el muro que todos veneran. Miguel observa aquello detenidamente por un momento para luego continuar su solitario camino cruzando la calle a un callejón desolado.

De otra parte, el †demonio† detiene la camioneta frenando en seco, se baja del vehículo y camina hacia un hombre gordo vestido de jean y camiseta, que habla por celular en la calle, el sujeto está pidiéndole a alguien que pase a recogerlo y alza la voz a la persona en el otro lado de la línea:

—"No me importa lo que estés haciendo necesito que pases por mí porque estoy varado".

En ese momento Daemon lo hala de la camiseta y le quita el celular en el cual se escucha la voz de una mujer que continúa hablando. Daemon se queda parado allí con el celular en la mano para localizar la ubicación de sus objetivos. En la pantalla carga un logo de algo llamado "Sys" y le muestra algunas direcciones y fotografías de mujeres, mientras el tipo gordo le grita:

—Oye, devuélveme el celular.

Una vez que Daemon encuentra lo que buscaba y termina de usar el celular, ya ha memorizado todo, arroja el aparato a una caneca de basura, se sube a la camioneta y se larga del lugar mientras el hombre gordo le grita:

—Oye hijo de puta tienes un serio problema de actitud, imbécil.

Entre las calles humedecidas por la lluvia que ya pasó, continua Miguel su camino en búsqueda de Mariana, caminando llega hasta una gran multitud que forma un circulo alrededor de una mujer tirada en el suelo llorando, derrotada, afligida, y golpeada. Miguel atraviesa la enfurecida muchedumbre que le grita insultos y la torturan, al ver esta deplorable imagen, una lagrima de Miguel cae de su ojo derecho mezclándose con el rocío sobre su cara. Miguel observa a los allí reunidos, uno por uno, y manteniendo su mirada de tranquilidad les dice los espectadores:

—Pueden irse en paz.

Dicho esto, un halo de luz se desprendió de Miguel, de una energía pálida, que hace retroceder a todos los   allí   presentes.

Por un momento todo es silencio y quietud, hasta las mismas gotas de un poco lluvia se detuvieron como en el tiempo, Miguel acerca su mano a la joven para ayudarla a levantar y le dice:

—Mujer, ¿dónde están? Ya no hay nadie que te acuse.

Ella observa a su alrededor y dice mientras toma la mano de Miguel:

—Ninguno quedó.

Entonces Miguel le dice:

—Ni yo te acuso. Vete y desde ahora se la sierva del Señor.

La mujer en gesto de agradecimiento le dice con insistencia que quiere retribuirle el favor. Después de Miguel negarse varias veces por no considerarlo necesario, al ver la reiteración de la mujer le dice:

—Llévale un mensaje al viejo de la montaña de arena con obeliscos, dile que ahora es el tiempo del Señor.

La mujer asiente con la cabeza preguntando:

—¿Cómo lo reconoceré?

A lo que Miguel responde:

—Él lo hará.

Ella al escuchar estas palabras se retira del lugar haciendo venía a Miguel quien la observa con una mirada cálida.

En pleno día en un área residencial, Daemon detiene la camioneta afuera de la Basílica de San Juan de Éfeso, frena en seco sobre un juguete, un pequeño Ángel de color blanco que se hallaba tirado en el suelo, quedando la llanta del vehículo sobre éste. Él desciende del auto lentamente, dirigiéndose hacia la entrada, en el camino ve un gato negro que le maúlla, lo ignora y continúa caminando hasta llegar a la entrada donde toca la puerta, un sacerdote abre, a lo que el †demonio† pregunta:

—¿Diana Deieu?,

El sacerdote interpela:

—¿Quién la busca?

Daemon de inmediato golpea tan fuerte la puerta que la derriba echando al Cura hacia atrás, cayendo en el suelo, asustado y tembloroso, es tomado por el cabello y arrastrado por el †demonio†, desapareciendo al interior de una oscura habitación de la casa cural donde se escucha un grito desgarrador de una mujer.

Por otro lado, en la Universidad, Mariana camina con   Sofía   por   la   cafetería.

Sofía: Tomaré solo un jugo porque tengo una clase.

Mariana: Vamos te acompaño.

Ambas toman una botella de jugo del dispensador y se sientan en una de las mesas de la cafetería.

En una de las pantallas de televisión de aquel sitio están emitiendo las noticias. Informa el presentador:

"—En una serie de asesinatos sistemáticos se ha convertido las muertes, en rituales †satánicos†, hasta ahora con solo un patrón en común, las iglesias de oriente. Entre las víctimas se cuentan los párrocos de estas tres iglesias y cuatro misioneros, un hombre y tres mujeres. Estos eran misioneros que ayudaban con labores humanitarias a estas comunidades.

Hasta ahora se desconocen más detalles sin embargo los crímenes continúan en investigación.

Por otra parte, se ha declarado ley marcial, lo que significa que la ciudad entra en toque de queda y será vigilada a lo largo y ancho con retenes por la policía militar.

En otras noticias continúan los disturbios por protestas religiosas…"

Sofía: ¿Escuchaste? Las iglesias de oriente, las siete iglesias, sus siete templos, hasta donde sé la iglesia de Filadelfia es una de ellas.

Mariana en un gesto triste y callada afirma asintiendo con la cabeza.

Sofía: ¿Filadelfia no es la iglesia donde eres misionera?

Mariana: Si, lo que hace un tiempo te conté, estamos haciendo una obra social en conjunto con el padre Attalo.

Sofía le dice en broma:

—Podrías haber sido tú.

Mientras se levanta de la mesa agrega con tono de burla:

—Tendrás que mudarte.

Sofía se va, deja pensativa a Mariana quien gira su cabeza y con gesto en su rostro de desconcertada la ve irse, regresa su cabeza a su posición inicial quedando cabizbaja.

En la noche Mariana regresa a su habitación en una unidad residencial, apartamento que comparte con su compañera de estudio, su prima Isabel.

Ambas hablan de las noticias, lo que está sucediendo con las siete iglesias y su preocupación.

Mariana: Me comuniqué con el padre Attalo.

Isabel: ¿Se encuentra bien?

Mariana: Es muy extraño, no respondió ni devolvió mis llamadas y ya es muy de noche para ir, no quiero ser inoportuna.

Isabel: Si mañana no lo contactas vamos después de clase hasta la iglesia de Filadelfia a buscarlo, yo te acompaño, para que estés tranquila.

Mientras Isabel le dice esto abraza a Mariana quien tiene cara triste, sin embargo, Isabel con su espíritu animoso y extrovertido alienta a Mariana y hace planes para salir ambas y hacerla olvidar de los problemas. Es noche de viernes y las dos tienen planeado salir y divertirse con algunos amigos, muchachos de últimos semestres de universidad.

Mariana e Isabel, arreglan sus cabellos, maquillan sus rostros delicada y discretamente, se colocan sus mejores ropas para la ocasión.

Isabel coloca en su celular una lista de música, esto para distraerse mientras continúan organizándose y conversando:

Isabel: ¿Que te ha dicho Zacarías de mí?

Mariana sonriendo dice:

—No mucho, como misioneros hablamos casi todo el tiempo de la obra social,

Riendo agrega: … pero sí sé que le encantas.

Isabel: Tan lindo, voy a ponerme muy guapa para recibirlo.

Durante este proceso Mariana escucha que su celular timbra, pero no alcanza a contestarlo, debido a que aún se está organizando para salir, toma el celular y encuentra un mensaje de voz, lo pone en alta voz para escucharlo mientras continúa arreglándose, se trata de un hombre diciendo:

—Hola Mariana, soy Adán, discúlpame, pero tuve un inconveniente de último momento y no podré ir, te lo compensaré, cuídate.

Mariana cuelga, triste y desanimada. Isabel, que lo ha escuchado todo, la conforta y anima diciéndole:

—Olvídalo, no vale la pena, Adán es un tonto superficial que no sabe valorarte, tú estás para grandes cosas.

A lo que Mariana mostrando una expresión aburrida responde:

—Gracias prima, iré a cambiarme.

Cuando ella entra a su habitación ve un ave negra, se trata de un cuervo parado sobre la cabecera de su cama, que mueve la cabeza de un lado a otro hasta que mira a Mariana y se queda observándola fijamente girando su cabeza de lado, ella rápidamente retrocede y sale de la habitación en busca de Isabel que está terminando de arreglarse en su cuarto y le cuenta lo que ha visto.

De inmediato ambas se dirigen al dormitorio, pero no encuentran nada inusual en la habitación.

Isabel toma de los brazos a Mariana poniéndola de frente y le dice:

—Tienes mucha tensión y has tenido un día difícil, me quedaré acompañándote y veremos una película, solo las dos.

Mariana: No Isabel, no es necesario, no quiero dañar tus planes con Zacarías.

Isabel: No te preocupes por eso, llamaré a Zacarías y le avisaré.

Mariana: No por favor, no quiero que canceles tus planes por mí, termina de organizarte. Yo saldré a tomar aire y comeré algo.

Isabel: De acuerdo, pero ten mucho cuidado, recuerda que ha habido muchos disturbios en la ciudad, no quiero que te pase algo malo.

Mariana: Descuida, estaré bien, buscaré un lugar tranquilo.

Se abrazan, Mariana sale y cierra la puerta de la habitación.

Ha pasado el día y empezado la noche. Miguel usando una especie de telequinesis le quita el seguro a la chapa de la puerta de un auto parqueado en la calle, sin embargo, sin esperarlo el propietario llega en ese momento, un hombre de aproximadamente 60 años y le dice:

—Hey, oiga, ¿qué pasa con mi carro?

Miguel se acerca lentamente a él y le dice en voz serena:

—¿Podrías prestarme tu auto?

A lo que el hombre quedando como pasmado con la tranquilidad que le infundió Miguel, solo acata a asentir con la cabeza diciendo:

—Sí.

Miguel le responde: Te lo agradezco en nombre del Señor.

El hombre se retira caminado del lugar lentamente como si estuviera en trance.

Miguel Ángel, cuidándose que nadie más lo viera, sube al vehículo y se sienta. Observa a su alrededor, está cerca de un cementerio, de donde puede ver los sepulcros   y   tumbas.

Allí, hay varios hombres con una retroexcavadora sacando tierra para abrir fosas. En el centro halla un gran Ángel de Piedra con las alas levantadas y una rodilla flexionada, que pareciera resguardar el camposanto, como vigilando los cuerpos que allí yacen.

Miguel recuesta su cabeza en la silla del automóvil, cierra los ojos, poco a poco empieza a entrar en estado de éxtasis. Teniendo una visión, puede observar los hechos previos a la batalla de Armagedón:

Una gran explosión de fuego cubre todo, enormes nubes de llamas avanzan por todos lados, ardiendo todo a su a paso, dejando una senda lumbre y cenizas. Entre las ruinas, aun algunas edificaciones semidestruidas están en pie y las sombras están en cada rincón, las cuales solo tienen mella por las llamas de fuego sobre la superficie, juntamente con nubes y chorros de humo, cayendo para todos los lados, semejantes al caer de las chispas en los grandes incendios.

Entre la oscuridad y el fuego, en medio del silencio de la noche, queda un mundo destruido. Observando de cerca la ciudad, se ven los cráneos y huesos en el suelo pertenecientes a los cadáveres que ha dejado el holocausto.

Se puede escuchar entre gritos y gemidos de dolor y desesperación, que horroriza y hace temblar   de   pavor.

Entre las flamas que aun arden en el suelo continua la exhibición de tecnología militar de nueva generación, ataques con misiles siguieron varios días de intensos bombardeos a puestos de mando, ministerios y otros símbolos del régimen.

Un ataque lanzado desde barcos a gran distancia basados en GPS, una armada interconectada y desplegada, un ejército digitalizado que está especialmente repartido y puede actuar como un todo.

Un destacamento de vehículos militares, tipo Humvee, se moviliza sobre el terreno incendiado. Soldados del otro bando, ocultos en trincheras salen y atacan con RPG, que son lanzacohetes antitanques,[2] destruyendo el primer vehículo de convoy militar de Humvee y así detienen su avance. Luego se produce una serie de disparos a ambos lados de la carretera, el convoy es atacado y este intenta repeler la ofensiva.

Soldados locales usan vehículos de la policía, se detienen, se rinden ante el ejército enemigo, todo como fachada, fingen para sorprenderlo y luego disparar al ejército adversario desde templos de Iglesias y domicilios.

En el cielo aparece una avanzada aeronave militar, con apariencia de mantarraya, un caza

2 Fabricados por la empresa Bazalt

62 62

supersónico intercontinental no tripulado, que se desplaza lentamente a poca altura, haciendo ráfagas de disparos hacia objetivos en tierra, la aeronave esquiva los disparos que le hacen desde el suelo. Otra de las mismas aeronaves pasa patrullando el área.

También aparece en el lugar un tanque de guerra, grande, sofisticado, como un PL-01[3], equipado con una tecnología llamada "camuflaje adaptivo", casi indetectable.

Al avance el tanque aplasta cadáveres, cráneos y huesos, entre escombros resultantes de la guerra, mientras patrulla la zona, dispara a sus enemigos ocultos entre la chatarra y las ruinas.

Un soldado corre por su vida tratando de protegerse del ataque del tanque huyendo hacia un puente a punto de desplomarse, sin embargo, no cuenta con suerte y es alcanzado por los múltiples disparos de la aeronave que patrulla, derrumba lo que queda del puente, los escombros lo aplastan, muriendo en el lugar.

Los disparos del tanque aumentan y se agudizan, destruyendo todo a su paso, desechos de las edificaciones, automóviles, una bicicleta, motocicletas, señales de tránsito, rocas, cadáveres, estas máquinas de combate demuelen todo a su avance.

3 De la compañía polaca Obrum

Miguel, observa todo lo que sucede allí, literalmente no puede ser visto, invisible a todos, porta la ropa que lleva en la actualidad. Está acompañado por otro hombre de similar edad, su nombre es Gabriel, el cual viste un uniforme militar camuflado oscuro.

Ambos observan entre las ruinas todo lo que sucede, ven personas con ropas similares a uniformes militares, uno de los uniformados le hace una señal con la mano a los soldados y se desplazan de allí, agachados, casi arrastrándose por el piso para no ser vistos por el tanque quien continua su avance aplastante. Pueden verlo más de cerca y es abrumador su tamaño y forma, algo en si diferente a lo conocido. Una sofisticada maquina bélica que hace ráfagas de disparos contra sus enemigos.

Gabriel y Miguel, Arcángeles, invisibles, continúan observando todo, ven como los civiles y soldados, corren y se ocultan bajo un sótano, allí encuentran más personas escondidas, protegiéndose del patrullaje de las aeronaves, las cuales por su potencia y capacidad pueden suspenderse en el aire con gran control gravitacional e inspeccionar a su alrededor.

Dos combatientes, un hombre y una mujer continúan corriendo ocultándose entre los desechos, para que el gran tanque de guerra no los pueda detectar, el cual sigue disparando a diestra y siniestra grandes ráfagas de munición, que por la velocidad con que salen parecieran rayos de luz que todo lo atraviesan.

Otros combatientes ocultos, en respuesta, hacen disparos al tanque de guerra sin resultado porque no logran a traspasar su coraza que es para combate extremo.

Se aproxima un caza, mientras un soldado activa una bomba térmica usando un lanzacohetes contra la aeronave, impactándole una de las alas, la cual explota. La aeronave se precipita en llamas dando giros para estrellarse contra el suelo, quedando cerca del borde de la cadena de uno de los tanques.

Un soldado con una torreta está apostado en la torre de una edificación, dispara una ráfaga de tiros a las humvee asesinando a varios de sus enemigos foráneos. Recibe en respuesta un ataque a gran escala de uno de los caza que destruye al soldado y su torreta.

Otro combatiente en tierra lanza un proyectil desde una bazuca, trata de escapar, pero antes de que lo logre es detectado por el tanque y es asesinado por una ráfaga de disparos que lo convierten en humo y cenizas.

El soldado sobreviviente muestra su dolor inclinando la cabeza. El tanque continúa su avance mientras el militar huye del lugar corriendo oculto entre los escombros. Entretanto por el impacto de la bazuca todo explota bajo el lado del tanque de guerra rompiendo su cadena, esto hace que se detenga, estallando y envolviéndose en llamas, quedando inutilizado.

El soldado es recogido por un vehículo militar similar a un Marauder que rompe muros[4], es un vehículo blindado, protegido contra minas, conducido por otro combatiente, el tanque de guerra y la aeronave destruida aún se consumen en llamas de fuego ardiendo vorazmente.

De los cielos aparece otra sofisticada aeronave de combate, similar a la derribada, definitivamente muy avanzada, que sigue el vehículo que recogió al soldado y que él conduce, mientras el otro combatiente dispara contra el caza desde una de las ventanas, un intercambio de disparos se da entre la aeronave y el vehículo, que continúa su camino entre los restos de la ciudad, a través de las llamas, esquivando obstáculos y andando sobre el irregular terreno.

Por la velocidad y los obstáculos el vehículo se voltea de lado, quedando el soldado atrapado sin poder salir del fuego, el avión se suspende en el aire y dispara hacia el auto asesinando a su compañero. El soldado aún continúa luchando herido por salir de su trampa, de fierros y fuego en la que ha caído.

———————————

4 Producido por Paramount Group

70 70

La aeronave inspecciona el terreno, pero no logra encontrar a nadie más porque él se ha escabullido del lugar. Este caza hace disparos hacia el vehículo volándolo en pedazos y luego se retira lentamente del área.

De un momento a otro la noche es iluminada por una luz desconocida, Miguel y Gabriel alzan sus miradas. Es la gran señal que les da Dios de que él va a castigar al mundo por sus crímenes, por medio de la guerra, el hambre y las persecuciones a la Iglesia y al Santo Padre.

El comunismo esparcirá sus errores por el mundo, promoviendo guerras y hostigamientos a la Iglesia, los buenos serán martirizados, el Santo Padre tendrá mucho que sufrir, varias naciones serán aniquiladas.

Miguel sale de su estado de elevación, aún permanece dentro del auto que minutos antes había tomado prestado, un poco agitado por la visión. Ya despierto, se da cuenta en donde está, observa a su alrededor y mira detenidamente hacia el cementerio, en particular al Ángel de piedra, cerca de los pies de éste puede ver una figura, como si fuesen brasas transparentes y negras o bronceadas con forma humana, que flotan sobre las tumbas, llevadas por las llamas que de ella misma salen, desaparecen a lo lejos en la oscuridad de la noche diciendo   una   psicofonía:

—Púdrete.

Miguel los observa fijamente hasta que desparecen, vislumbra la calle de la ciudad, entre los edificios, enciende el vehículo, arranca lentamente e inicia la búsqueda de Mariana.

Mientras tanto Mariana se cambia de ropa por una más cómoda e informal, sale de su cuarto cerrando la puerta. Isabel tiene encendida la música en el equipo de sonido y está escuchando la canción "Ángel – Aerosmith":[5]

"Don't make it tough, I'll put away my pride
Enough's enough, I've suffered and I've seen the light

Baby
You're my angel come and save me tonight
You're my angel come and make it alright"

Que traduce:

"No lo hagas difícil, guardaré mi orgullo
Ya es suficiente, he sufrido y he visto la luz

Bebé
Eres mi ángel, ven y sálvame esta noche
Eres mi ángel, ven y hazlo bien"

---

5 "Ángel – Aerosmith"
Autores: Steven Tyler, Desmond Child
Firma discográfica: Geffen

Año de publicación: 1988

Mariana se despide de un beso en la mejilla acompañado de un abrazo de su prima Isabel diciéndole:

—Iré a comer algo y ver una película. Que la pases bien prima.

A lo que Isabel le da un abrazo, la mira a los ojos con cariño y le dice:
—Gracias, que lo disfrutes, me llamas si necesitas algo.

Mariana sonríe y voltea a mirar a Isabel diciendo:

—De acuerdo.

Mariana cierra la puerta del departamento, cuando se gira para irse se encuentra de frente con un hombre alto, de ropa oscura que le gruñe, ella reacciona asustada, pero se da cuenta que es Zacarías quien se está riendo por haberla asustado.

Mariana lo golpea con su mano derecha suavemente en el brazo y le dice:

—Por Dios Zacarías.

Él se ríe y le tira besos mientras ella se aleja y él entra al apartamento.

Mientras tanto, en la base castrense, en una oficina de la Policía Militar [PM] de la ciudad, dos uniformados llevan arrestado a un soldado muy enojado e irascible, que los escupe y se resiste a ser encarcelado, gritando insultos y blasfemias a los que lo custodian.

Pasan por el frente de un militar con uniforme del ejército de más rango que usa gorra camuflada, se trata del capitán Cornelio, quien lleva un agua aromática y se dirige hacia su oficina. De camino Julio, otro militar de menor rango, lo alcanza para mostrarle en su Tablet un archivo.

—Cornelio: ¿Qué tenemos?

Julio le entrega la tablet, mientras van caminando hacia su oficina le da los detalles:

—Mujer asesinada

Cornelio: Eso veo

Julio: Diana Deieu, estudiante, 20 años, 6 puñaladas al corazón con un arma corto punzante de gran tamaño en un asesinato ritual.

Cornelio: Mis ojos aun sirven para ver.

Julio pasa la imagen de la tableta que Cornelio sostiene y le dice:

—Mira esto, otra joven asesinada, 20 años, apuñalada de manera ritual, marcas y señales †satánicas†, con un arma corto punzante de gran tamaño, enviaron el reporte del comando esta mañana.

Cornelio: ¿a qué quieres llegar? Julio: Mira las direcciones.

Cornelio: Éfeso, Esmirna, Pérgamo, ¿Es esto correcto?

Julio responde asintiendo con la cabeza diciendo:

—Ajá

Y agrega:

—Además de estas misioneras, los curas de las mismas parroquias fueron asesinados en circunstancias similares. También recibimos informes de las iglesias de Tiatira, Sardis y Filadelfia.

Cornelio: Un asesino sistemático, solo eso nos faltaba.

Julio: La prensa y la comunidad se ensañarán con la PM.

Cornelio: Todos los sectores de las Siete Iglesias deben ser acordonados.

Julio: Hemos ubicado varios retenes a lo largo de la ciudad.

Cornelio: Detesto estos casos.

En otro lugar de la ciudad, Mariana llega al parqueadero de su unidad residencial, las luces del lugar se encienden automáticamente a su paso, ella toma su pequeño vehículo, un poco nerviosa por los hechos que vio en las noticias, mira a su alrededor, observa que no haya nadie, cuando se cerciora, enciende el auto y emprende su camino.

Una vez ha tomado distancia, es seguida de cerca sigilosamente por Miguel Ángel desde su auto, sin ella notarlo.

Volviendo a la base militar, Julio y Cornelio atraviesan unas puertas automáticas para salir de una de las oficinas al corredor, allí se encuentran con los familiares de las víctimas y la prensa que los increpan acerca de los asesinatos y la falta de seguridad en el área de las Siete Iglesias.

Cornelio les responde que han tomado las medidas y se está adelantando la investigación.

Luego sin responder más preguntas caminan hacia otra oficina y tras ellos se cierra la puerta. Una vez dentro, alejados de los periodistas, Cornelio saca una pastilla de un sobre y la toma con un vaso de agua que se encontraba en el escritorio.

Julio le dice: Esa agua lleva todo el día ahí, la tomé de la llave para echarle a la planta.

Cornelio: ¿Localizaste a la mujer restante?

Julio: Mariana Vestal, la misionera de la Iglesia de Filadelfia, no ha sido posible contactarla, se va buzón de voz.

Cornelio: Envía una patrulla militar con una escuadra de soldados.

Julio: Ya lo hice, nadie abre la puerta y el portero no está.

Cornelio: Llámala.

Julio subiendo la voz dice: ¡Ya la llame!

Cornelio le alza más la voz diciéndole: ¡Llámala otra vez!

Julio nuevamente la llama al celular, pero de inmediato se va a buzón de voz, al parecer no tiene señal. Intenta nuevamente en su casa, donde el teléfono repica, mientras en la habitación Isabel y Zacarías ven una película a muy alto volumen, lo que no les permite escuchar el teléfono.

Julio: Nada de nada, que basura.

Cornelio: Lo llamarán el asesino de la Biblia.

Julio: Odio estos casos, en especial los ritualistas.

Cornelio toma su boina militar oscura y se prepara para salir por la puerta por la que habían ingresado.

Julio: ¿A dónde vas?

Cornelio: A hablar con las familias y la prensa, con algo de suerte saldré para la hora del noticiero de la noche y advertir a las demás posibles víctimas.

De otro lado, en las noticias el presentador informa que la PM ha dado a conocer la ubicación donde la segunda víctima fue asesinada en su casa hoy, increíblemente el vecindario es el mismo, hace tres horas, otra víctima fue encontrada en la iglesia de Filadelfia.

Al igual que la primera víctima, en un crimen ritual, fue sacrificada en una especie de invocación espiritual. La PM no ha dado más detalles del crimen y ha pedido a las personas del área mantener la calma y comunicarse a las líneas de atención que aparecen en pantalla.

En el centro comercial, Mariana esta cenando sola en una mesa de un restaurante, y al ver la noticia en una de las pantallas gigantes del comedor, revisa el celular, busca información en internet, un logo de Sys le carga y luego ella ve en un video:

—En las noticias de los asesinatos en serie de las iglesias de oriente, mencionan que un hombre ha sido asesinado identificado como el padre Attalo, cuya muerte ocurrió en la iglesia de Filadelfia. La única conexión de los crímenes determinada hasta el momento es de origen religioso, todo parece deberse a una secta †Satánica† aún no identificada.

Mariana de inmediato coloca su mano derecha en su boca, llora y solloza por la muerte del padre Attalo. Trata de calmarse y pensar serenamente, busca en internet el mapa de los sitios donde han ocurrido los asesinatos y encuentra que en el patrón de crímenes, de acuerdo con la secuencia, han asesinado los párrocos y misioneros en el orden del libro del Apocalipsis de la Biblia así:

1. Éfeso (Apocalipsis 2:1-7) – la iglesia que había dejado su primer amor (2:4).
2. Esmirna (Apocalipsis 2:8-11) – la iglesia que sufriría persecución (2:10).
3. Pérgamo (Apocalipsis 2:12-17) – la iglesia que necesitaba arrepentirse (2:16).
4. Tiatira (Apocalipsis 2:18-29) – la iglesia que tenía una falsa profetisa (2:20)
5. Sardis – (Apocalipsis 3:1-6) – la iglesia que se había quedado dormida (3:2).
6. Filadelfia (Apocalipsis 3:7-13) – la iglesia que había perseverado pacientemente (3:10).

7. Laodicea (Apocalipsis 3:14-22) – la iglesia con una fe tibia (3:16).

81 81

Ella se asusta de gran manera al darse cuenta de que de acuerdo con este patrón los objetivos a seguir son los misioneros de la iglesia de Filadelfia, de inmediato busca el número de Zacarías, el novio de Isabel, quien también es misionero junto con Mariana en la iglesia de Filadelfia, pero éste no contesta, llama a Isabel, pero tampoco responde.

Mariana se levanta de la mesa asustada, trata de realizar una llamada, pero el celular ya no tiene señal, aun pensativa, mira a su alrededor y se da cuenta que un hombre que está de pie cerca de ella, la observa mirándola de arriba abajo. Ella sale del restaurante y camina temerosa y preocupada, decide guardar su celular e irse a buscar un lugar más concurrido.

De camino mira a Miguel apoyado en una pared, esperando, vigilando, ella pasa por su lado y él la observa discretamente, la sigue a distancia mientras mete sus manos en el abrigo.

Mariana al darse cuenta de que un desconocido la sigue, en este caso Miguel, decide mirar a qué sitio ingresar, mientras es seguida a distancia por él.

Mariana camina apurando el paso, entra al primer lugar que encuentra, un sitio llamado El Templo, huyendo de Miguel Ángel, quien continúa caminando en la misma dirección que ella, dos hombres blancos, fornidos en la entrada le permiten ingresar, se oculta

tras la puerta y ve pasar a Miguel, quien a paso sereno
la observa entrar al lugar y sigue de largo su camino.

83 83

Mariana ingresa rápidamente y es llamada desde la taquilla por la administradora que le grita:

—Hola, debes pagar el ingreso.

Mariana se devuelve y le pregunta:

—¿Cuánto cuesta?

La administradora le dice el valor y ella saca el dinero de su cartera y se lo entrega, aprovecha y le pregunta a la chica donde es el mejor lugar para realizar una llamada de celular, a lo que ella le responde que está en la parte de adelante y le entrega el cambio. Mariana le agradece y se dirige hacia interior del lugar.

En el interior, todo oscuro, hay proyectado en 3D un concierto de rock en tarima, está empezando a sonar la canción "Guns N' Roses – Sweet Child O' Mine":[6]

"She's got a smile that it seems to me
Reminds me of childhood memories
Where everything
Was as fresh as the bright blue sky
Now and then when I see her face
She takes me away to that
special place

---

6 "Guns N' Roses — Sweet Child O' Mine":
Autores: Axl Rose, Duff McKagan,
Izzy Stradlin, Slash, Steven Adler
Firma discográfica: Geffen

Año de publicación: 1988

85 85

And if I stared too long
I'd probably break down and cry

Oh, oh, oh
Sweet child of mine
Oh, oh, oh, oh
Sweet love of mine (bis)"

Que traduce:

"Ella tiene una sonrisa que me parece
Me recuerda a las memorias de la niñez
Donde todo
Era tan fresco como el brillante cielo azul
Entonces y ahora cuando veo su rostro
Ella me lleva a ese
Lugar especial
Y si miro mucho tiempo
Probablemente romperé a llorar

Oh, oh, oh Dulce
niña mía Oh, oh,
oh, oh Dulce
amor mío"

Aquel es un gran recinto con un espacioso escenario, una pantalla grande y alargada como una película rectangular, en la cual se proyectan imágenes de una carretera desierta, como si hubieran sido tomadas desde el parabrisas de un vehículo el cual no se ve, desde éste se observa la llanura donde caen rayos y hay árboles a ambos lados del camino. El escenario tiene luces que se dirigen hacia el público.

En el fondo del escenario hay un gran logo circular, compuesto de una corona fúnebre con una calavera plateada en el medio, ésta tiene la boca abierta, dientes puntiagudos y colmillos alargados. En el video se observa al micrófono un cantante de cabello rubio, largo, liso, acompañado de dos guitarristas, uno de sombrero vaquero y otro de copa, además hay un baterista con pañoleta en la cabeza.

Mariana ingresa caminando lentamente entre la multitud, la música está en todo su furor, los altos decibeles retumban el lugar. Ella se dirige hacia el centro del salón, entre la gente que está saltando, con los brazos en alto y bailando al interior del Templo, disfrutando de la música. Asimismo, observando hacia las mesas puede ver por los asistentes, que aquel lugar es usado para el lenocinio, la drogadicción, la avaricia, la sodomía y la lujuria. Ella trata de evitar toda esta inmundicia, poco a poco camina entre ellos abriéndose paso entre la multitud.

Ella busca el lugar indicado y se detiene cerca de una columna, saca su celular del bolso y llama a la línea de emergencias, le responde una voz automática masculina informando que todas las líneas se encuentran ocupadas. Mariana por esto cuelga enojada.

En otro lugar, en la calle, se encuentra un HMMWV (High Mobility Multipurpose Wheeled Vehicle) o Humvee.[7] Este vehículo de la policía militar

---

7 Es un vehículo militar multi-propósito 4×4 desarrollado en la década de

1980 por AM General en los Estados Unidos

está parqueado a las afueras de la casa de Mariana, en el sector de la Iglesia de Filadelfia, una escuadra de soldados hace un retén vigilando el paso de vehículos y registrando autos, motociclistas y transeúntes.

Hasta allí llega Daemon quien detiene su paso en la acera ante la entrada de la unidad residencial y observa a su alrededor lo que sucede. Un soldado tiene una sensación y dirige su mirada hacia el portón de la edificación, pero allí no observa a nadie por lo que continua su tarea de controlar el tráfico en el retén, sin embargo, este ser oscuro está allí en medio de las sombras sin ser visto, parado en el portón, que está cerrado, se voltea y dirige su mirada hacia el interior del recinto.

Dentro de la casa de Mariana, están abrazados Isabel y Zacarías en un sofá cama en la sala viendo cómodamente una película de guerra que tienen a alto y envolvente volumen. Ella se levanta y le dice que hará café y unas crispetas, a lo que Zacarías responde asintiendo con la cabeza afirmativamente acompañando el gesto con un sonido como ajá y añadiendo con:

—No te tardes.

Isabel camina hacia la cocina, descalza y vestida con un pijama de seda negra, abre la puerta del gabinete de la cocina, saca un frasco de café de la alacena junto con un paquete de crispetas para microondas y mante-

quilla, sin percatarse que un gato negro de ojos verdes
la observa fijamente, cuando finalmente abre la puerta

del gabinete éste maúlla asustándola, quien reacciona temblando, el gato salta de allí y huye.

Isabel dice: Maldito animal, que susto me diste. Y pronuncia en voz alta:

—¡Zacarías!, ¡el maldito gato de la vecina volvió a entrarse!,

Sin embargo, él no escucha por el alto volumen y continúa entretenido en lo que hace.

Daemon ha forzado violentamente la cerradura de la ventana de una de las habitaciones de la casa de Mariana, dejándola entreabierta camina sigilosamente hasta la sala sin ser visto, una sombra llama la atención de Zacarías que al darse cuenta se levanta rápidamente del sofá cama, cuando presiente que va a ser golpeado por Daemon, esquiva el impacto, no obstante, él asesta un golpe devastador contra el sofá.

Zacarías toma una silla del comedor, la levanta y lo amenaza diciéndole:

—Voy a matarte imbécil.

Mientras Daemon sin mediar palabra se acerca a Zacarías quien le da un golpe con la silla en el costado izquierdo. El †Demonio† reacciona tomando de los brazos a Zacarías golpeándolo bruscamente contra la pared, rompiendo un cuadro y la mampostería por el impacto.

Mientras tanto Isabel en la cocina, sin percatarse de lo que sucede debido al ruido de la película, continúa preparando el café y las críspetas.

Zacarías se levanta como puede, para pelear con él, tratando de asestarle un golpe, pero Daemon de un empujón lo lanza contra el ventanal de la habitación rompiendo los cristales. Zacarías, aunque muy golpeado se levanta y continúa luchando. Se enfrenta de nuevo a su rival gritándole:

—¡MALDITO!

Isabel viene caminando en el corredor de la cocina hacia la sala cuando ve que Zacarías es lanzado con mucha fuerza y violencia del salón hacia la mesa del comedor de cristal, Daemon le propina un golpe en la cara rompiéndole el cráneo, quedando muerto al instante, con los ojos abiertos, yace sobre los pedazos de madera y vidrios de dicho mueble.

Isabel grita asustada soltando el paquete de críspetas y la tetera de café al suelo y ve que Daemon sale de la sala lentamente y se dirige a ella, Isabel trata de correr como puede de vuelta a la cocina, pero el hombre logra alcanzarla, con su mano izquierda la agarra desde atrás por el cuello, saca un cuchillo de cacería de considerable tamaño y la apuñala por la espalda con un golpe certero en el pulmón.

Isabel cae muerta al suelo, se sale de su bata el celular quedando el aparato boca arriba y en ese preciso momento entra una llamada, en la pantalla se puede ver

93 93

la foto con el nombre de quien llama, se trata de Mariana Vestal, el malvado toma el aparato y observa detenidamente la fotografía. Mariana al ver que Isabel no contesta le deja un mensaje en el buzón de voz en el que le dice:

—Isabel, necesito que por favor me ayuden, hay un tipo siguiéndome, vi la noticias de lo que está sucediendo con los crímenes de las Siete Iglesias incluyendo la de Filadelfia, asesinaron al padre Attalo, estoy muy asustada, necesito que vengan por mí por favor, estoy en un sitio llamado El Templo, al oriente del huerto del Edén, por favor no tarden.

Mariana cuelga la llamada. Del otro lado de la línea el malvado ha escuchado el mensaje de voz, la ha identificado y tiene su lugar de ubicación, camina lentamente pisando un portarretrato de Mariana e Isabel que se rompe por la presión.

Mariana insiste con la llamada a la policía militar, mientras dice:

—Dios mío, vamos respondan

Hasta que finalmente una operadora contesta, Mariana le explica la situación a la mujer en la línea:

—Soy una mujer del área de las Siete Iglesias, misionera en la Iglesia de Filadelfia y un hombre me persigue...

La operadora le dice: Espere un momento en la línea la comunico.

Cornelio: Habla el Capitán Cornelio, ¿con quién hablo?

Mariana con voz asustada dice: Escuche capitán, no me pida que marque otro número, no me cuelgue ni transfiera la llamada.

Cornelio: Cálmese, no voy a colgarle, habla el Capitán Cornelio.

Mariana: Soy Mariana Vestal, vivo en el sector de la iglesia de Filadelfia, vi las noticias, estoy muy asustada, un hombre me sigue, por favor ayúdeme.

Cornelio: Comprendo Mariana, tranquilícese, ¿dígame donde se encuentra?

Mariana: Estoy en un sitio llamado El Templo, al occidente del huerto del Edén.

Cornelio: Si se dónde queda, está en la calle Paraíso. Mariana quédese allí, es un lugar público y allí no se atreverán a atacarla. Enviaré una escuadra para allá.

Mariana: Estaré esperando, por favor vengan rápido.

Ella cuelga el celular y llama a Isabel a su celular que repica varias veces sin respuesta.

Estando aun dentro del Templo, Mariana sostiene un refresco y está observando a su alrededor, allí en el lugar, a lo lejos, entre la multitud ve a Miguel cerca de una valla al lado de la barra. Su reacción es de sorpresa, se atemoriza y voltea la cara preocupada.

Ha empezado a disminuir la gente, la música y el baile continúan, la canción "Guns N' Roses – Sweet Child O' Mine" sigue sonando:[8]

"She's got eyes of the bluest skies
As if they thought of rain
I hate to look into those eyes
And see an ounce of pain
Her hair reminds me
of a warm safe place
Where as a child I'd hide
And pray for the thunder
And the rain
To quietly pass me by

Oh, oh, oh
Sweet child of mine
Oh, oh, oh, oh
Sweet love of mine (bis)"

Que traduce:

"Ella tiene ojos de los cielos más azules
Como si pensaran en lluvia
Odio mirar esos ojos
Y mira una onza de dolor

---

8 "Guns N' Roses – Sweet Child O' Mine":
Autores: Axl Rose, Duff McKagan, Izzy Stradlin, Slash, Steven Adler
Firma discográfica: Geffen

Año de publicación: 1988

Su cabello me recuerda
de un lugar cálido y seguro
Donde de niño escondería
Y reza por el trueno
Y la lluvia
Para pasar silenciosamente por mi

Oh, oh, oh Dulce
niña mía Oh, oh,
oh, oh Dulce
amor mío"

En ese momento entra †Belcebú† al Templo, sigue sin detenerse y la mujer de la entrada les grita a los porteros que entró sin pagar el ingreso, uno de los fornidos guardias trata detener al malvado tomándolo del brazo derecho, Daemon sin voltear a mirar con su mano izquierda toma la del guardia y la rompe de un tirón sin desprenderla, éste cae al suelo mientras †Daemon† continúa caminando hacia el interior del recinto.

El otro guardia que estaba distraído, al darse cuenta ayuda a su compañero en el suelo y al percatarse de la situación trata de detener al †Demonio† halándolo de la ropa, Daemon se voltea y lo mira fijamente de una manera †infernal†, que inicialmente asusta al guardia y lo hace retroceder, pero éste le responde:

—No me asustas con esa mirada imbécil.

A lo que el †demonio† responde:

—Te arrancaré la cabeza.

Y acto seguido lo toma de la cabeza con su mano izquierda y lo golpea de tal manera contra la columna de la entrada a su derecha, dejándolo con el cuello fracturado en el suelo.

Daemon se gira y continua su camino hacia el interior del lugar, mientras es observado por la gente cerca y la cajera, pávida, sin poder hacer nada.

Él entra observando de lado a lado todo a su alrededor, buscando hallar a Mariana.

En el momento en que Daemon camina hacia el interior de aquel sitio y está por llegar donde Mariana, ella se encuentra una mesera quien le pregunta si necesita algo más, voltea su cara y le pide el favor que le muestre donde está el baño, la mesera le da las indicaciones que es en la planta alta y Mariana se dirige hacia allá.

Miguel está atento a sus movimientos y la vigila cuidadosamente a distancia para que no se percate, aunque ella ya lo ha visto.

Daemon continúa recorriendo el lugar y da una vuelta más paseándose por allí.

Mariana dentro del baño se lava las manos, luego se las seca, se mira al espejo, como dándose ánimo, agacha la cabeza, respira profundo y sale.

10010

Daemon se encuentra al otro extremo del Templo, cuando de repente ve aparecer en escena a Mariana quien camina en la planta alta para regresar hacia el primer piso donde se encontraba.

El †demonio† la observa a distancia y camina hacia a ella, lentamente saca lo que es conocido como un arma †demoniaca† de largo alcance, similar a un changon [shutgun] o escopeta, muy a menudo un †demonio† está preso en el arma como resultado de una pena dictada por su dios del Caos o patrón del mal, pero a veces algunos servidores mortales del Caos excepcionales consiguen convencer a un †demonio† para que les ayude en sus hazañas de carnicería, y el †demonio† se compromete voluntariamente con su portador.

Saca el changon de su chaqueta y levanta lentamente el brazo izquierdo para encañonar a Mariana que se encontraba bajando las escalas, ella queda paralizada de la impresión.

Miguel advierte la situación, debido a la distancia entre él y Mariana, el tiempo es limitado para reaccionar, de inmediato Miguel grita agáchense y retira con su brazo izquierdo a una mujer para que no sea herida, rápidamente saca del abrigo el Santo Rosario, tiene lista una cuenta posada sobre la palma de su mano, esta empieza a vibrar hasta que comienza a sostenerse en el aire, dirige la cuenta hacia Daemon quien apunta el arma contra Mariana, de inmediato Miguel mentalmen-

te le da la orden a la cuenta de dispararse, ésta se dirige
como un tiro de gran calibre de tal magnitud que im-

pacta el lado izquierdo de la espalda del †Demonio†, lo desestabiliza y hace que el malvado erre el disparo.

La cuenta hizo girar a Daemon 180 grados, colocándolo de frente a Miguel, la multitud grita horrorizada.

Daemon dirige su arma †demoniaca† hacia Miguel y dispara impactando la pantalla sin herirlo. El Arcángel corre y en su trayecto, extendiendo su mano derecha, hace otras dos descargas de cuentas del Santo Rosario.

Estos disparos hieren uno tras otro en el pecho a Daemon, pero esto no lo detiene y él descarga su arma contra Miguel sin alcanzarlo, pero sí lesiona a varias personas, entre ellas impacta en el pecho a un hombre, que por el disparo, lo levanta del asiento, lanzándolo contra una pared, muriendo en el lugar.

Los gritos, el miedo y el llanto se apoderan de todo el sitio a la par que Daemon está destrozando todo El Templo, entretanto la gente corre asustada gritando y llorando.

El †demonio† al ver que su arma se va agrietando, hasta volverse inservible por haber alcanzado la cantidad de disparos máximo, arroja el †demoniaco† changon   al   suelo.

Mariana corre despavorida para ocultarse en el lugar en medio de una estampida de gente que grita asustada por aquel tiroteo.

Daemon saca de su abrigo una pistola semiautomática Smith & Wesson M&P15-22P, también poseída por un †Demonio† y dispara una ráfaga de cartuchos contra Miguel, quien se lanza para ocultarse tras la tarima del escenario.

Toda la tarima es baleada por el †demonio†, quien no se detiene ante nada ni nadie en una descarga de disparos que es mortal para los asistentes al recinto, por donde pasa la ráfaga de tiros asesina un concurrente del Templo.

Daemon al darse cuenta de que Mariana está escapando hacia la parte posterior de las escaleras, dispara apuntando a ella e hiriendo a la multitud que está alrededor, quienes van cayendo por los impactos, Mariana corre para salvar su vida, pero por la prisa y los cadáveres acumulados en el piso se tropieza y cae al suelo.

Súbitamente la oscuridad se apodera del Templo, todas las luces y la música se apagan, el pánico y los gritos dominan a los allí presentes y corren en una estampida. Entre las penumbras se ven los ojos del †demonio†, que lucen como los de un carnero, que miran fijamente a Mariana, quien está cubierta por la gente que cayeron a su alrededor.

Daemon buscando llegar a ella, levanta su mano izquierda señalando la multitud sobre Mariana, cierra su puño y contrae el brazo como halando, a dicha señal, la mujer y la gente sobre Mariana son arrastrados por el suelo, por una fuerza no visible, en medio de los gritos de horror de los presentes que quedan.

Daemon se dirige poco a poco hacia ella y en ese momento Miguel sale de atrás de la tarima, alza su mano derecha señalando un reflector en el techo del escenario, dice una oración y mentalmente el objeto es movido, apuntando hacia el †demonio†, la luz blanca del reflector que se enciende recorre de lado a lado el Templo y se posa sobre Daemon, rápidamente el brillo de la luz aumenta, Miguel gira su brazo derecho y señala a Daemon indicando a la luz que se dirija hacia él, el brillo de la luz se aumenta aún más y como un rayo láser de color blanco se dispara contra el †demonio†, el primer rayo lo golpea fuerte en el pecho haciéndolo retroceder.

Miguel hace de nuevo la señal y un segundo rayo de luz impacta a Daemon en el estómago por lo que retrocede una distancia aun mayor, quedando medio inclinado su tronco hacia adelante, cuando se está reincorporando y colocándose recto, una sucesión de tres rayos de luz más lo golpean en el pecho tan fuerte haciéndolo retroceder de tal manera que pierde el equilibrio y cae sobre una de las mesas de cristal rompiéndola en pedazos, quedando tendido en el corredor de la entrada.

La energía eléctrica regresa e ilumina de nuevo todo el Templo, Miguel corre hacia Mariana que aún permanece en el piso luego de la caída, él se agacha y le ofrece su mano derecha diciendo:

—Yo soy el camino a la vida, ven conmigo.

Ella lo mira y sin dudarlo toma su mano, se apoya en él para levantarse del piso, miran hacia la entrada del Templo y ven que Daemon que está en el corredor de la entrada se levanta poco a poco, mientras la gente los observa sorprendida.

Él se va reincorporando lentamente y se pone de pie, ingresando de nuevo a la pista del Templo, mientras Mariana y Miguel corren hacia la salida posterior del lugar.

Daemon inicia la persecución y va tras ellos que huyen evadiendo los obstáculos del lugar, como las personas, sillas y mesas. Miguel encuentra una puerta trasera del Templo, corren hacia ella y salen a la calle.

Siendo seguidos a pie por Daemon quien corre por la calle, Miguel voltea a mirar hacia atrás, protege a Mariana con su ser, abre la puerta del auto que había dejado parqueado en la calle y sube al vehículo, para evitar que sea dañada por algún ataque del †demonio†.

Luego él observa un transformador de energía en la calle, lo señala con su mano derecha, luego la empuña y dice un Dios te salve María en voz baja y posterior a ello hace una señal abriendo todos los dedos de la mano, simbolizando una explosión, de inmediato el trasformador forma un arco eléctrico en el que el †demonio† entra y queda en estado de tetanización. El transformador explota incendiando los vehículos y todo en la calle por la gran llamarada.

Miguel sube al automóvil y lo enciende, arranca a toda velocidad derrapando. De entre las descargas eléctricas y el fuego causados por la explosión del transformador, el †demonio† salta sobre el vehículo, con parte de sus ropas aun en llamas, tiene quemaduras visibles, en el rostro se producen zonas de necrosis y aún tiene cargas eléctricas sobre su ser.

Daemon se aferra con fuerza del parachoques trasero del automóvil, para luego con sus brazos y piernas como una araña ir subiendo poco a poco hasta llegar al techo del vehículo, mientras Miguel maniobra a gran velocidad, el †demonio† alza su mano izquierda y su muñeca y sus uñas se ponen negras y se alargan como una garra, con esta rompe el vidrio del pasajero del auto de un rasguño, Mariana grita asustada

Miguel maniobra el vehículo a alta velocidad tratando de zafarse de Daemon y con el auto hace zigzag a través del callejón. Daemon nuevamente alista su garra con otro golpe, la introduce al vehículo por la ventana del pasajero, rasga el techo, tratando de llegar a Mariana. Miguel al ver esto lleva el automóvil hasta el muro

aprisionando el brazo de Daemon quien se resiente y da
un   grito   aterrador.

Miguel da vuelta en la esquina, resbala con las llantas del auto y al girar golpea de lado una humvee del ejército que pasaba patrullando.

Daemon debido a la herida en su brazo cae del automóvil, rueda sobre la humvee para luego venir a tierra sobre la calle, boca abajo.

En ese momento Miguel Ángel desde la ventana del auto revisa que el conductor de la humvee se encuentre bien, una vez se cerciora que se levanta ileso de la bolsa de aire del volante, el soldado se quita el cinturón de seguridad y se recuesta en la silla sin heridas, Miguel acelera el vehículo evadiéndose del sitio.

Daemon con la ropa, el cabello y el rostro quemados se levanta lentamente del suelo, entretanto el soldado ya en si se comunica por radio a la base informando:

—Base militar aquí unidad 12, tuve un accidente, un auto colisionó la humvee y huyó de la escena, me encuentro al occidente del huerto del Edén en la calle Paraíso.

Mientras el soldado termina de decir lo anterior, Daemon camina hacia la humvee, abre la puerta y saca de un jalón al soldado y lo lanza de golpe contra el poste de la luz que está al lado, se sube a la humvee, enciende el vehículo y arranca para ir tras Mariana y Miguel.

Durante la huida Miguel conduce rápidamente el auto atravesando calles y bajando al valle, observa a Mariana y le pregunta:

—¿Estás bien? ¿Te lastimo?

Mariana reacciona asustada, se arrincona hacia la puerta del auto, mirándolo con terror, él a su vez estira su brazo derecho hacia ella, a lo cual Mariana reacciona tratando de quitarlo. Miguel Ángel mientras conduce el vehículo logra colocarle el cinturón, luego extiende su mano sobre la frente de Mariana y pronuncia una oración a Dios en voz baja que la serena:

"Y la paz de Dios, que supera toda inteligencia, custodiará vuestros corazones y vuestras mentes en Cristo Jesús."
Filipenses 4, 7

y agrega:

—Escúchame con atención, en adelante harás lo que te diga, no te moverás ni hablarás con nadie sino te lo digo. ¿Está claro?

Mariana asiente con la cabeza y dice que sí con vos temblorosa.

Mientras Miguel Ángel acelera aún más el auto,
pasando semáforos en rojo y cruzando callejones de-
solados, sale a una avenida principal rebasando a gran

velocidad otros vehículos en el camino y haciendo maniobras para evadirse de su persecutor.

Miguel: He venido a ayudarte, soy Miguel, jefe del ejército de los Cielos, enviado por el Señor. Mi advenimiento es para protegerte, pero eres tú quien tiene que decidir enfrentarlo para poder vencerlo.

Ella lo mira desconcertada mientras Miguel continúa diciendo:

—Estás en el plan de un espíritu maligno, †Belcebú†.

Continúa conduciendo rápidamente por las calles, esquivando vehículos, cruzando semáforos en rojo. En uno de los cruces de la calle por poco embiste otro auto el cual logra evadir para continuar alejándose.

Mientras tanto Daemon toma el radio de la humvee, se hace pasar por el soldado que la conducía y reporta que persigue un automóvil de placas BUR005 que colisionó con el vehículo militar y huyó, en el occidente sobre Babilonia, el operador de la central toma la información y la réplica a todas las unidades militares para su búsqueda.

Él cuelga la radio y continúa conduciendo la humvee vigilando a su alrededor en busca de Mariana, paralelamente indaga la ubicación aproximada de su

designio en el computador del vehículo donde se puede
observar   un   logo   que   dice   Sys.

Miguel continúa huyendo en el auto mientras Mariana le dice:

—Estás equivocado, yo no tengo nada que ver en esto.

Miguel: Aún no, pero lo tendrás y es de suma importancia que vivas.

Mariana: No entiendo todo lo que sucede, ¿por qué ese hombre me atacó?

Miguel la interrumpe diciendo: No es un hombre, es un †Demonio†, un espíritu maligno, de alta jerarquía, un soldado del infierno.

Él continúa conduciendo el auto a gran velocidad, se desvía del camino bajando rápidamente de un puente.

Mariana: ¿un †Demonio†? ¿Cómo el †diablo†?

Miguel: No es el †diablo†, hay un solo †diablo†, Metatrón o †Satanás†, pero existen muchos †demonios†. Metatrón, como un ser creado, no puede estar en todas partes al mismo tiempo como lo hace Dios.

Mariana: ¿Entonces cómo puede hacer el mal en todas partes?

Miguel: Sus †demonios† trabajan para él y llevan a cabo sus planes. Ellos están en línea con Metatrón, pero él es su líder.

Mariana: No puede ser, un espíritu no sangra.

Miguel: Nos siguen.

En ese momento otra humvee del ejército viene lejos atrás de ellos, sobre esta sobrevuela un dron. Una camioneta de la policía militar se acerca desde la esquina de la calle que acaban de pasar y gira para seguirlos.

Miguel le grita a Mariana, cúbrete y él hace que ella se agache en la silla del automóvil. En ese momento gira el vehículo contra una camioneta de la PM golpeándola y ésta a su vez colisiona un auto parqueado en la calle, lo que hace que la camioneta se detenga, Miguel gana distancia, pero el soldado en la camioneta de la PM arranca de nuevo y continúa persiguiéndolos.

Miguel hace un giro a la izquierda y luego a la derecha subiéndose a la acera de la calle, aún continuan siendo seguidos por la camioneta de la PM y la humvee que los ilumina.

Miguel gira por un boulevard comercial en el cual hay varias casetas de negocios sobre la vía, que están cerradas dada la hora de la noche, la camioneta de la policía militar les está dando alcance, ambos vehículos van velozmente por este pasaje comercial, la camioneta de la PM golpea el auto de Miguel y Mariana, por lo que Miguel le dice a ella:

—Sostente

Él frena en seco el vehículo, el soldado que conduce la camioneta de la PM al ver esto maniobra para evitar el colisionar y al girar se estrella contra una de las casetas.

Miguel nuevamente acelera el auto saliendo del boulevard, da vuelta a la derecha y entra rápidamente a un sótano que hace parte del parqueadero de un centro comercial, mientras conduce le dice a Mariana:

—Escúchame con mucha atención, los †demonios† son ángeles caídos. Cuando fue lanzado fuera el gran dragón, la serpiente antigua, que se llama †Diablo† y †Satanás†, el cual engaña al mundo entero; fue arrojado a la tierra, y sus ángeles fueron arrojados con él. Cuando éste cayó, tomó un tercio de los ángeles, quienes unidos con †Satanás†, escogieron rebelarse contra Dios.

Mariana: Mira Miguel, eso ya lo sé, estudio Teología, no sé qué esperas de mí.

Miguel la interrumpe diciendo:

—Presta atención, necesitamos otro auto.

Mientras, mira a su alrededor donde puede ubicar el vehículo. Una vez encuentra un lugar parquea rápidamente el auto en una celda del edificio y continúa diciendo:

—Los †demonios† aún siguen a †Satanás† como su líder y batallan con los Ángeles Santos en un intento para frustrar el plan del Señor e impedir el futuro del pueblo de Dios.

Mariana: Escucha, no soy idiota, sé que todas esas cosas están en la biblia.

Miguel: Es cierto y también es posible que sepas que su plan es tomar control de este mundo, lo que no sabes es que ya están aquí, a punto de cumplir su propósito.

Mariana: ¿Quieres decir que los †demonios† caminarán por la faz de la tierra?

Miguel: Los †demonios†, como espíritus, tienen la capacidad de tomar posesión de un cuerpo o seducir a un ser humano para que cumpla su propósito, especialmente hacer el mal. La posesión se produce cuando el cuerpo de una persona es totalmente controlado por un †demonio†. Ningún cristiano puede ser poseído, porque tiene al Espíritu Santo morando dentro de él, debido a su fe está protegido.

Mariana: Entonces si él es un †demonio†, ¿Quieres decir que tú eres un…?

Miguel: Así es, soy un Arcángel.

Mariana: ¡Comprendo!

Diciendo esto ella trata de bajarse del auto y Miguel lo impide tomándola de la blusa y le dice:

—¡Quieta!

Mariana responde arañando el brazo de Miguel y continúa tratando de escapar, pero él la sujeta con más fuerza, la hala, sostiene sus manos y le dice:

—Mira, a ellos no les importas, a mi sí, no vuelvas a hacer eso.

Mariana: Déjame ir, por favor.

Miguel le habla en un tono de voz alto diciendo:

—Necesito que me escuches con atención, comprende, †Belcebú† está por ahí, te está buscando con solo una intención, verte muerta, con él no se puede razonar, tampoco dialogar, ni negociar, no descansará, ni tampoco se detendrá ante nada ni nadie hasta que te encuentre, pueda tomarte del cuello y te arranque el alma.

Mariana: Esto no puede estar pasándome, todo esto es una locura.
Miguel la mira fijamente al rostro, viendo sus ojos.

Mariana está conmocionada, nerviosa, asustada, a duras penas puede hablar. En medio de su confusión le pregunta   a   Miguel:

—¿Puedes detenerlo?

Miguel: No he hecho la elevación, por lo que no debo tocarlo, aun no puedo enfrentarlo.

Mariana: Pero eres un soldado de Cristo.

Miguel le responde: Sí, sin embargo, en esta forma humana, sometido a la materia y a los sentidos, no lo sé, realmente no lo sé.

De otro lado Daemon aun conduce la humvee, está vigilando en un ángulo de 180 grados mientras maneja, en la radio informan:

—Todas las unidades deben hacer prevalecer la ley marcial, dado el estado de conmoción interior el toque de queda hasta las 6:00 a.m. debe ser cumplido en toda el área.

De otro lado, en el momento en que Miguel y Mariana hablan, pasa una patrulla aerea autonoma [Dron] de la policía militar con las luces encendidas por el parqueadero del centro comercial, buscándolos con un reflector.

Daemon, escucha la radio en la cual el operador informa:

—El sistema de seguridad y vigilancia de la ciudad: Sys, ha identificado el vehículo evasor en los sótanos del centro comercial La Plaza.

Daemon reacciona girando bruscamente la humvee en dirección a su objetivo y por poco colisiona con otro vehículo civil del que le gritan:

—Imbécil.

Varias patrullas militares y soldados inspeccionan el parqueadero del sótano buscando a Miguel y Mariana.

Miguel se desliza en la silla del auto dando indicaciones a Mariana con su mano derecha para que también se oculte de la misma manera y que guarde silencio.

Mariana pregunta en voz baja: Pero ¿Por qué yo? ¿Por qué me persigue a mí?

Miguel responde pausadamente:

—Habrá una guerra, será desastrosa, tanto que tendrá el Señor todopoderoso que intervenir en los asuntos humanos para dar fin a la maldad. Esta intervención culminará en lo que será nombrada la guerra santa, conocida por muchos como la guerra de Armagedón.

Mariana: ¿Entonces la humanidad será destruida?

Miguel: Dentro de unos años, todo esto, este sitio, todo lo que ves desaparecerá, la vida como la conoces dejará de existir. Un nuevo orden será establecido.

Miguel vigila que nadie venga y continúa diciendo:

—Habrá victimas aquí y allá, será una extinción, pero fueron los †demonios†, Mariana.

Mariana: No entiendo.

Miguel: El Armagedón es el lugar donde acontecerá la batalla final entre Dios y los gobiernos humanos. Estos regímenes y sus partidarios están en contra de Dios porque se niegan a someterse a su autoridad. La guerra de Armagedón dará fin con el mandato del hombre.

Mariana: ¿Tú estarás en la guerra?

Miguel y Mariana se percatan que viene una patrulla militar y se agachan, el vehículo pasa lentamente por su frente, pero ellos no son visibles a los soldados y por ello siguen de largo.

Miguel: Sí, enviado por Dios. El hijo del Señor comandará los ejércitos celestiales, para vencer a los enemigos de Dios, que son todos aquellos que se rebelen contra el gobierno divino y los que traten a Dios con desprecio.

Allí estaré para enfrentar la maldad que envolverá la faz de la tierra, combatiendo a las bestias y traer fin a su		mundo		de		maldad.

Mariana: ¿Las bestias?

Miguel: Las bestias, engendros de los †demonios† que cazan y asesinan de día y aún más de noche. El hombre será llevado a campos de concentración por los gobiernos humanos. Los poderosos empezarán a colocar la marca de †Satanás† en la frente o en la mano derecha, como un tatuaje, como cuando marcan a los ganados u otros animales. Pero no necesariamente será el mismo símbolo, para poder confundir a las masas de lo que sucede.

Mariana lo observa con atención mientras Miguel le relata los hechos de la guerra.

Miguel: Este mundo casi desde el principio de los tiempos ha estado en medio de una batalla entre el bien y el mal, entre el reino de los cielos y el abismo. La humanidad recibió las leyes del Señor, nuevas, poderosas, para combatir el mal y vencerlo, sin embargo, sucumbieron. Así que †Satanás† tomó ventaja de la situación y decidió reclamar como suyo este mundo, asumir su control, manejar todo y ser su dios. Decidió el destino del mundo para una eternidad, la esclavitud. El †diablo† quiere que los humanos sean bestias, animales, que tengan su marca. Quiere que sean su posesión.

Mariana le dice: ¿Acaso el Señor no nos protege?

Miguel: El Señor nos protege en todos nuestros caminos, todo depende de la decisión de estar cerca o lejos de él, porque siempre es respetado nuestro libre albedrío. Los seres humanos no han comprendido que

están en un viaje, donde sus cuerpos son solo vehículos para llegar a un destino, el de la purificación de sus
almas, pero para llegar a éste, han de tomar decisiones
acertadas, que es donde reside la mayor complejidad de
la vida.

Miguel observa a su alrededor que nadie se acerque y continúa diciendo:

—Mucho tiempo la humanidad rinde culto
a cosas paganas, ateas, tales como al dios dinero u otros dioses que han ido surgiendo, como el
ego por la apariencia física o en muchos casos a
su propia soberbia. No se dan cuenta de que, con
estos comportamientos al límite, se ponen en contra de Dios, olvidando la ley del Señor de cómo
deben vivir sus vidas con prudencia y humildad.

Mientras Miguel trata de ver desde la ventana del
auto algún otro vehículo, que pueda servirles para marcharse, le dice a Mariana:

—Los hombres se permitieron ser seducidos, el
†Diablo† lo sabe, también sabe que está tomando ventaja en la carrera por quedarse con la humanidad y lo
está usando para tomar propiedad de este mundo.

Entretanto ellos hablan, los soldados están estableciendo un perímetro, las patrullas militares se están
acercando donde se encuentran, pero a pesar de estar
cerca		no		pueden		verlos.

Miguel continua su relato diciendo:

—La humanidad casi fue derrotada para siempre, pero el Señor se apiadó del mundo, envío a su ejército junto con su hijo, para destruir sus cadenas y vencer a los malditos, para salvar su iglesia de la aniquilación. Su iglesia es la Mariana. Tú estás destinada a fomentar una ardiente devoción, reverencia y amor filial a la Santísima Virgen María; y por medio de esta devoción y de su patrocinio, hacer de los fieles congregados bajo su nombre, cristianos de verdad. Dulce niña, líder del ecumenismo, tú serás clave para la salvación del mundo por el exterminio.

En otro lugar Daemon conduce la humvee vigilando a su alrededor en busca de Miguel y Mariana, observando con mirada maligna todo en su camino en un ángulo de 180 grados.

Mientras tanto en el parqueadero del centro comercial donde se ocultan, Mariana le dice a Miguel:

—¿Qué podemos hacer?

Miguel: Por ahora necesitamos salir de aquí.

Salen del auto agachados, primero Miguel y tras él Mariana, en busca de otro automóvil.

Corren ocultándose tras los demás autos que se encuentran parqueados, caminando agachados, a pesar de que Miguel no permite que sean vistos invisibilizándolos y Mariana no lo sabe.

Miguel prueba varias manijas de autos hasta que ve a un hombre abrir la puerta de una camioneta RAM 2500 azul oscura con el volcó destapado, rápidamente se le acerca al sujeto, seguido de cerca por Mariana, Miguel lo mira a los ojos fijamente y le pide que le preste su vehículo, aquel hombre, por el contacto verbal con Miguel entra en éxtasis y asiente con la cabeza, Miguel le dice:

—Desde los cielos te lo agradecen.

Miguel abre la puerta, sube Mariana seguida por él, quien toma la conducción del vehículo, cuando está arrancando y ha salido de la celda del parqueadero es impactado de lado por una humvee del ejército que los embiste bruscamente. Miguel al reincorporarse del golpe, observa que es Daemon, quien con su arma †demoniaca† dispara hacia la camioneta sin resultado.

Miguel reinicia la marcha del lugar acelerando a toda velocidad golpeando la humvee para quitársela de encima, Daemon les dispara dándole varios impactos a la camioneta, enciende la humvee siguiéndolos, salen del parqueadero, la camioneta pasa por un resalto de la vía, da un salto y cae sobre el asfalto rápidamente, como la humvee los sigue pasa el mismo resalto dando

un rebote que golpea por atrás la camioneta, tratando de
sacarla   del   camino.

Miguel estabiliza la camioneta y la acelera aún más intentando alejarse de Daemon y su Humvee. Daemon también acelera siguiendo de cerca la camioneta, van rebasando otros vehículos en el camino. Las luces de la vía tras la humvee empiezan a apagarse paulatinamente, la oscuridad y las sombras comienzan a envolver todo cubriendo la humvee que ya no se le ven ni las luces y empieza a alcanzar la camioneta cubriéndole la cama.

La Humvee aumenta su velocidad y alcanza por el lado izquierdo a la camioneta, la golpea tratando de sacarlos del camino, pasan por la oficina de la Policía Militar [PM]. Afuera de esta base del ejército se encuentran Cornelio y Julio, quienes ven la persecución y el primero ordena a las otras unidades militares seguir esos dos vehículos, Cornelio se sube con Julio a una humvee.

La persecución continúa, la Humvee conducida por Daemon está el lado izquierdo de la camioneta. Miguel le dice a Mariana:

—Sostén firme el volante.

Ella extiende su brazo izquierdo y agarra con su mano el volante, entretanto Miguel toma rápidamente una cuenta del Santo Rosario, susurra una oración religiosa, la cuenta se ilumina de inmediato y la arroja contra la Humvee, repite esto haciendo varios tiros que impactan el vehículo sin resultado, retoma el control de

13013

la camioneta y mientras continúa conduciendo la RAM mira el retrovisor y ve los ojos del †demonio† cómo acechan en la oscuridad, semejante a los de un carnero.

Miguel retorna su mirada al frente y observa unas barreras de tráfico hechas de concreto, las señala con su mano derecha, como en ocasiones anteriores, extiende su brazo derecho y realiza un movimiento con la palma de la mano abierta hacia su diestra, esto hace que de inmediato las barreras se muevan hacia donde les señaló, la oscuridad tiene prácticamente envuelta la camioneta, Mariana observa agachada aterrorizada todo lo que sucede, Miguel cierra el paso por el lado izquierdo a la humvee de Daemon quien roza su vehículo con la barrera de la carretera. El †demonio† con mucha ira regresa al camino y trata de alcanzar de nuevo la camioneta y la golpea desde atrás.

Miguel cierra el paso por el lado izquierdo y reduce la velocidad, esto obliga a Daemon acompañado de su oscuridad a tratar de adelantar la camioneta por el lado derecho sin darse cuenta de las barreras que se ubican a la derecha de Miguel quien hace un movimiento con la camioneta hacia ese mismo lado golpeando la humvee y luego realiza un movimiento hacia la izquierda esquivando las barreras.

Mientras Daemon frena la humvee, las ruedas se deslizan y su vehículo golpea de frente las barreras de tráfico, una de estas se atraviesa y queda cuñada contra

la baranda de seguridad de acero de la calle, el golpe es
tan fuerte que la humvee se levanta por encima de la ba-

13213

rrera, el vehículo se voltea para terminar colisionando contra una de las barandas, la cual golpea el parabrisas impactando en el rostro a Daemon.

Mientras Miguel y Mariana en su recorrido se encuentran de inmediato con un retén militar, se detiene la camioneta contra la barrera de acero de la calle y se golpea del lado del conductor.

Miguel se quita el cinturón de seguridad, revisa a Mariana, le pregunta si está bien, ella aun mareada por el choque le responde vagamente que sí, luego él trata de salir de la camioneta, pero la puerta está atascada contra la barrera de acero, le dice a Mariana que deben irse, ella se quita el cinturón y en ese momento son detenidos por varios soldados con fusiles apuntándoles.

Mariana le pide a Miguel:

—Por favor no te resistas, entrégate.

A lo cual él accede.

Los soldados los hacen bajar de la camioneta, arrestan a Mariana y a Miguel colocándole las manos detrás de la cabeza.

Otros soldados revisan la humvee que conducía Daemon y está vacía, ha desaparecido del lugar sin dejar rastro, Mariana observa lo que sucede desde donde se   encuentra.

Más tarde en el batallón de la policía militar, Cornelio y Julio están hablando con Mariana, quien se encuentra llorando. En un gesto de amabilidad Cornelio le ofrece una cobija diciéndole:

—Sé que tiene frio y entiendo por lo que ha pasado, pero debo hacerle unas preguntas.

Ella asiente con la cabeza, mientras Julio le ofrece una taza de aromática caliente para calmar sus nervios diciéndole:

—Tómala, te hará bien.

Mariana: ¿Está seguro que son Isabel y Zacarías? Podría verlos y asegurarme.

Cornelio: No es necesario Mariana, son ellos, ya han sido plenamente identificados.

Mariana llora sin cesar, piensa en su prima y amigo muertos y dice:

—Pobre niña, tenía toda la vida por delante.

Cornelio: Lo lamento mucho Mariana. También siento molestarte en este momento tan doloroso para ti, pero debemos interrogarte.

Mariana asiente con la cabeza y dice entre lágrimas:

—Está bien.

Cornelio: Vamos a llevarte con el equipo de interrogatorios, estarás con uno de nuestros soldados, especialista en criminología.

Cornelio y Julio acompañan a Mariana hasta una sala de interrogatorio en donde se encuentra sentado Miguel, quien está esposado en la espalda, escoltado por un soldado llamado Tomás, ambos alrededor de una mesa.

Mariana al verlo así se asusta y Cornelio le dice:

—No te preocupes, no puede vernos, es un vidrio para interrogatorios donde solo ve su reflejo.

Cornelio: Te presento a Aarón, es nuestro psicólogo criminalista.

Aarón está vestido con uniforme militar y porta una estola de cura, de color blanca.

Aarón: Hola Mariana, mucho gusto.

Mariana que está un poco temblorosa y aun con lágrimas en su rostro asiente con la cabeza.

Cornelio: Además de psicólogo es nuestro capellán castrense, quiero que le cuentes todo lo sucedido y posteriormente él y alguien más harán el interrogatorio a   Miguel.

De otro lado en un edificio en obra, aun sin terminar, Daemon entra al lugar sin ser visto, caminando en la oscuridad entre materiales e implementos de construcción, llegando a uno de los pisos donde ya hay apartamentos terminados aún sin habitar, forzando con su mano la cerradura de uno de estos ingresa y cierra la puerta.

Entre la oscuridad camina un vigilante, hombre blanco, entre 35 y 40 años, con una linterna en mano, haciendo su ronda a través de los pasillos de la unidad residencial, deambula iluminando corredores y puertas de los apartamentos deshabitados.

El velador siente un ruido detrás de él, como si alguien hubiera pasado rápidamente y voltea a mirar iluminando, retrocede un poco y logra observar un enjambre de moscas casi de la altura de un hombre. Estas se encuentran girando circularmente, lo que se le hace extraño al guardia por el gesto en su rostro. Un olor pestilente y asqueroso se siente en el ambiente, también hay cierto aroma a azufre.

El vigilante se acerca al enjambre que continúa girando lentamente. Este súbitamente ataca al hombre envolviéndolo entre moscas que ahora giran a su alrededor hasta que un momento suspenden su movimiento, quedando paralizadas en el aire, mientras el guarda mira de lado a lado las moscas, que hacen un movi-

miento adhiriéndosele y lo cubren como si se tratara de
una momia, empiezan a picarle la piel, arrancándola y

13713

miento adhiriéndosele y lo cubren como si se tratara de
una momia, empiezan a picarle la piel, arrancándola y

succionan la sangre del pobre tipo, que grita y da alaridos desgarradores ante semejante dolor.

Más tarde se puede ver a Daemon que camina hacia la barra de la cocina, dentro de unos de los apartamentos, se encuentra solo a la luz de la luna nueva que entra por la ventana, que preside un cielo plagado de estrellas, supone el atrezo ideal para completar tal contexto.

Él toma de la alacena una bandeja y la coloca sobre el mesón. También agarra de la misma mesa un cuchillo y del cajón de la cocina unas pinzas.

Una vez se puede ver el rostro se notan los cambios en el ojo y el iris, tanto en el color y en la forma.

Daemon tiene una parte del lado izquierdo de la cara zurrado y ensangrentado con su ojo hinchado, debido al accidente conduciendo la humvee en el que se golpeó contra la barrera.

Saca de su chaqueta de cazador un libro que en su caratula dice "Grimorio Verum", un manual de fórmulas mágicas donde se incluían los complejos rituales necesarios para llevar a cabo un sacrificio, lo que se dispone a ofrecer al príncipe de las tinieblas.

Abre el libro y sigue las indicaciones detalladas de cómo han de confeccionarse correctamente todos

los elementos y herramientas del ritual: El pergamino
virgen, las varas mágicas, el cuchillo de sacrificios, la

lanceta, y el hombre de la vigilancia sobre una camilla perpendicular, con su cuerpo repleto de heridas en sangre, hechas todas por las moscas.

Daemon ha colocado las velas, los inciensos, las ofrendas y tiene el cuchillo sagrado empuñado enérgicamente, todos estos elementos confieren a la escena un halo irreal.

Acto seguido Daemon mete sus dedos en las cuencas de los ojos del vigilante, quien da alaridos del dolor, lamentos y suplicas. Daemon haciendo presión con sus manos extrae los ojos de la cabeza y procede a mutilarlos, cortándolos de un tirón para arrancarlos de su cuerpo. Así mismo hace con otros órganos del hombre en un ritual de canibalismo. Todo esto como sacrificio para recibir más poder por parte de †Satanás†.

En la base militar ya le han tomado la declaración a Mariana y se disponen a interrogar a Miguel, que continua esposado, con las manos hacia atrás. Se encuentran en una sala con un espejo rectangular de lado a lado de la pared.

Miguel sentado en un extremo de una larga mesa, al otro lado se encuentra Aarón quien continúa el interrogatorio.

Aarón: ¿Así que su nombre es Miguel?

Miguel: Así es, fue el nombre dado por el Señor.

Aarón: ¿A qué señor te refieres?

14114

Miguel: Así es, fue el nombre dado por el Señor.

Aarón: ¿A qué señor te refieres?

Miguel: El Señor, Dios.

Aarón: Entiendo, obtuviste tu nombre en el sacramento del bautismo.

Miguel: Aun no comprende, soy Miguel, Arcángel.

Aarón: ¿Tratas de decir que vienes del cielo?

Miguel: Se lo estoy afirmando, mi misión principal es proteger la iglesia y abogar por el pueblo elegido de Dios en la batalla final.

Julio mira con una sonrisa a Cornelio quien está serio tomando un agua aromática, y le dice:

—Esto es increíble, que locura.

Miguel: Estoy en una misión de reconocimiento y rescate.

Aarón: Así que eres un soldado celestial, ¿contra quién peleas?

Miguel: Contra los principados del †infierno†

En ese momento suena el celular de Aarón que revisa quien lo llama y coloca en silencio el aparato.

Aarón: Lo lamento

Miguel continúa hablando.

Miguel: Los principados fueron creados por †Satanás† como jerarquías de su ejército.

Aarón: ¿Así que peleas contra †demonios† y su ejército?

Miguel: Afirmativo, comando los Ejércitos Celestiales.

Aarón: Entonces dices que ¿†Satanás† cree que puede ganar la eterna batalla entre el bien y el mal asesinando a la quien será la líder de la iglesia, que lo enfrentará en la batalla final?

Julio le dice a Cornelio: Ese Aarón me hace reír con esa forma truculenta de expresarse.

Cornelio le responde: Cállate y déjame oír.

Julio coloca cara de regañado y Cornelio da un paso adelante para escuchar mejor.

Aarón: ¿Por qué no solo seguir el plan profetizado? ¿Por qué este plan tan elaborado con el †demonio†?

Miguel: No tenían alternativa, la iglesia del Señor estaba preparada. †Satanás† es un ser creado, siendo así, el †diablo† no es eterno, ni posee atributos divinos, como lo es la omnipresencia, lo cual significa que no puede estar en todo lugar a la vez, lo que no haría diferencia porque el día del juicio ya tiene fecha. †Satanás† debía evitar como diera lugar la existencia de la Iglesia de Dios.

Aarón: ¿Fue cuando se abrieron las puertas del más allá?

Miguel: Así es, ya habían enviado a †Belcebú†. El Señor me envió a proteger a Mariana y frustrar los planes de †Satanás†, deteniendo a su emisario y destruyéndolo.

Miguel agrega:

—Escuche con atención, algo con lo cual cuenta †Satanás† es con todo un ejército de espíritus malignos, conocidos como †demonios†. A través de ellos, el diablo ejerce su voluntad a placer en los que se someten a sus designios.

Aarón: ¿Y cómo se supone que lo destruirás?

Miguel: No lo sé, nadie lo sabe, solo lo sabe el Señor.

De otro lado, estando en el apartamento dentro de la obra en construcción, una vez el †demonio† tiene los ojos del hombre sobre la bandeja, se puede ver el rostro de Daemon, tiene una herida en su cara y ojo derecho, él susurra una oración maléfica que ofrenda los ojos del vigilante los cuales se encienden en fuego espontáneamente.

Luego Daemon le corta el cuello al sujeto quien da sus últimos alaridos. Hace que su sangre caiga en una copa, una vez llena la bebe toda y enciende en llamas el cuerpo del vigilante.

Sus peticiones han sido escuchadas, Daemon comienza a sufrir una transformación física, haciéndose más delgado, más alto y más poderoso en medio de un bramido de dolor espeluznante.

Acto seguido toma un cuchillo y se hace un corte en la parte derecha lastimada de su cara junto con su ojo, luego con su mano arranca el pedazo como si se tratara de una máscara de piel y carne, similar a como si encima llevara un disfraz de humano.

Mirándolo de abajo hacia arriba se puede observar su rostro, tiene el pómulo derecho rojo ensangrentado y su ojo del mismo lado muy diferente al de un humano, siendo aún más similar al de un carnero, el iris de un color amarillo quemado y la pupila alargada como una línea horizontal oscura y gruesa.

Él limpia su rostro ensangrentado con un pañuelo viéndose un poco más de su piel verdadera, rojiza con marcas oscuras. Pausadamente se coloca de nuevo la chaqueta, cubre su cabeza con la capucha para ocultar su rostro, una sombra negra hecha de las moscas se impregna en sus ropas, él toma algunas armas y explosivos que guardaba y sale de aquel lugar por una puerta posterior para no ser visto.

Por otra parte, continua el interrogatorio a Miguel, en la sala queda otro soldado del área de criminalística llamado Tomás que en reemplazo de Aarón continua el cuestionario, mientras en el salón contiguo permanecen observando Mariana, Cornelio, Julio y Aarón.

Tomás: Entonces si las puertas del más allá se abrieron, ¿Puede venir alguien más?

Miguel: Nadie regresa, ni nadie más viene hasta que esto termine, solo somos el †demonio† y yo.

Tomás: ¿Y por qué no trajiste algunas armas? ¿Algo más celestial como una espada?

Julio mira a Aarón y le pregunta entre risas:

—¿Una espada?

Aarón mira a Julio y a otro soldado en la sala, se ríen mientras Mariana los mira preocupada y Cornelio los observa con seriedad.

Miguel que se mantiene sereno responde:

—Solo debía venir yo, completamente desnudo, para poder atravesar el portal espiritual.

Tomás: ¿Hábleme más de los hechos de cómo lo llama? Mira en una Tablet que tiene a la mano y dice ¿su advenimiento?

Miguel: Mi llegada se debe a la misión que me fue encomendada, he sido revestido de carne, sangre y hueso para proteger a Mariana.

Aarón se voltea hacia todos los que observan el interrogatorio diciendo:

—Esto es sensacional, podría hacer una tesis canónica con este tipo, ven lo creativo que es, cómo tiene respuesta para todo y cómo concuerda con las sagradas escrituras, ¡Esto es extraordinario!

Aarón se gira de nuevo para continuar observando el interrogatorio juntos con los demás.
Tomás: ¿Por qué han asesinado a las otras personas?

Miguel: Todas ellos pertenecientes a la comunidad cristiana de las Siete Iglesias, es sabido por †Satanás† por las sagradas escrituras, que de entre ellas resurgiría la iglesia obediente y fiel al Señor. †Lucifer† sabía muy poco de Mariana, no tenía información o datos que le permitieran encontrarla por lo que el †demonio† enviado actuó de manera secuencial.

Tomás: aja, regresemos a la parte…
Es interrumpido por Miguel bruscamente quien dice:

—Ya dije suficiente, respondí sus preguntas, ahora debo hablar con Mariana Vestal.

Tomás: Lo siento, pero no depende de mí.

Miguel: ¿Entonces por qué hablo con usted?

Tomás: Porque puedo ayudarlo.

Miguel: ¿Quién es la autoridad aquí?

Tomás: Cálmese.

Miguel: Cállese.

Tomás: Por favor…

Miguel se levanta de su silla mirando fijamente al cristal como si pudiera verlos a todos incluso a Mariana a través del espejo y les dice:

—Aún no han entendido nada, la encontrará, para eso ha venido, no le importa otra cosa, no pueden detenerlo, pasará sobre ustedes, le romperá el cuello y beberá su sangre.

Esto mientras dos soldados toman de cada brazo a Miguel y lo sostienen.

Cornelio le dice a Aarón:

—Apaga el micrófono y cierra el panel.

Aarón se apresura a apagarlo y se disculpa.

Mariana: ¿Así que Miguel es un demente?

Aarón tomando nota en su Tablet dice:

—Para decirlo coloquialmente, es un fanático religioso. Sin embargo, hay algo que no deja de sorprenderme y es que su retórica se apega mucho a los evangelios. Fíjense cómo tiene una respuesta coherente para cada inquietud que se le plantea, mientras los fanáticos son sectarios y con los argumentos usuales del castigo por el pecado él se centra en la protección y la salvación.

Cornelio: Usualmente asisto a la misa dominical, muchas presididas por usted Aarón, y nunca había visto tal capacidad para conmover o persuadir.

Julio: Por todo eso no deja de ser una locura lo que dice, es posible que sea un estafador bien preparado y desconocemos las intenciones que tiene para con usted Mariana.

Mariana: Sé que las cosas que dice son increíbles, pero parece tan convencido y sincero y todo lo que vi, ese hombre levantarse y correr entre las llamas y pasar por la corriente eléctrica del transformador, solo con mínimos rasguños y cómo rompió con sus manos el techo del auto.

En ese momento Julio trae una prótesis de mano robótica y dice Cornelio:

—El tipo que los atacó tuvo que haber tenido unas de éstas, son prótesis robóticas usadas para reemplazar las manos cuando son mutiladas o amputadas. Éstas son capaces de romper un vidrio o rasgar el techo de un automóvil.

Mariana: Pero ¿Cómo pudo pasar a través de la corriente eléctrica y el fuego sin ser afectado?

Julio: El tipo pudo estar drogado, las nuevas drogas, tales como la llamada NULL, inhiben el sistema nervioso, causando que el sujeto no sienta dolor por varias horas por más grave que sea la herida y les hace creer que son indestructibles.

Cornelio: Una vez pasa el efecto además de sentir el dolor de sus heridas podrá provocarle hasta la muerte por la alta dependencia que crea.

Julio: Hubo una vez un tipo que uso NULL y su cabeza…

En ese momento Julio es interrumpido por Cornelio:

—Mariana, no te preocupes por esto, nosotros nos encargaremos de continuar con la investigación. Tu padre aun tardara en llegar, mientras tanto recuéstate en este sofá que, aunque no lo parezca es muy cómodo

A lo que Julio hace cara de aburrido y retira las prótesis de la oficina y permite que Cornelio continúe con la palabra.

Cornelio le pasa una cobija y la cubre, diciéndole:

—Quiero que estés tranquila, aquí estarás segura, hay por lo menos cincuenta soldados y militares en esta base, nada te pasará.

Mariana, aún conmocionada, le agradece por el gesto amable y se arropa con la cobija.

Aarón va de salida del edificio, pasa su tarjeta por la entrada y le dice hasta luego al soldado que hace control de ingresos y salidas a la base, quien a su vez devuelve el gesto despidiéndose diciendo:

—Feliz noche padre.

Aarón cierra la primera puerta de control, se acerca caminando hacia la salida del edificio, cuando recibe una nueva llamada a su celular, por lo que se retira rápidamente del lugar para dirigirse a la capilla.

En ese momento Daemon vestido con chaqueta y capucha cubriendo su cabeza, se acerca caminando a la entrada de la sofisticada base militar, particularmente por sus edificios, allí le dice al soldado que custodia la entrada:

—Soy familiar de Mariana Vestal, ¿Está ella aquí?

Soldado: Está en interrogatorio.

Daemon: Vine para saber cómo se encuentra.

Soldado: En este momento está custodiada por el mando central. No puedo darle ningún detalle.

Daemon: ¿Puedo verla?

Soldado: No es posible, si desea puede volver luego. Daemon mientras sostuvo el diálogo con el soldado observaba las instalaciones, dando un vistazo moviendo la cabeza de arriba abajo, de derecha a izquierda.

Aun cubierto por la capucha inclina la cabeza hacia el frente sin que se vea su rostro y le dice al soldado:

—Yo esperaré.

Y se gira saliendo del lugar.

Se siente la calma y el silencio alrededor de las calles de la base militar, el soldado de la entrada reporta por radio:

—Frente 1, todo en calma, ninguna novedad.

En el radio le responden:

—Enterado Frente 1. Frente 2 reporte novedades.

El soldado continúa registrando en la bitácora digital la inspección del perímetro, cuando de improvisto se ven las luces de un gran vehículo que se acerca, el soldado se sorprende y trata de desenfundar su arma, pero él y la puerta de entrada son embestidos y arrasados por un camión volqueta que destroza todo a su paso.

Varios soldados cerca apuntan sus fusiles y hacen tiros a la volqueta sin poder detenerlo, el vehículo entra con toda velocidad y fuerza metiéndose hasta la entrada del edificio del mando central donde se encuentra Mariana, dentro del lugar atraviesa hasta la segunda entrada y se lleva por delante todo a su paso incluyendo a un segundo soldado que vigilaba el acceso al interior del bloque.

Es tan fuerte el estruendo que Mariana, quien se encontraba acostada, se despierta asustada.

La puerta del camión volqueta se abre y de éste desciende Daemon con la capucha puesta, se dirige hacia la parte posterior del vehículo, abre la tapa trasera del camión y saca la munición de los cazadores y la tira al suelo.

Retira la tapa del tanque de combustible del vehículo, le coloca un trapo, rompe un tarro con pólvora, y

11915

lo riega desde el tanque del camión haciendo una hilera hasta el interior del edificio, enciende una bengala, la lanza contra la pólvora y se aleja ingresando a la base en busca de su propósito, Mariana Vestal.

Él entra a través de los escombros del impacto que el camión volqueta deja en la base.

El vehiculo explota a su espalda creando un gran incendio a la entrada del edificio que no permite ingresar ni salir a nadie.

Debido a la explosión que genera, el tremendo estruendo estremece el edificio haciéndolo temblar. Mariana se levanta, se acomoda permaneciendo sentada en el sillón, preocupada, asustada y sin saber qué hacer.

Daemon ha tomado desprevenido al regimiento militar y su ataque se agudiza, él detiene su avance y empieza a susurrar una invocación con una oración maligna:

—† *"señor de los infiernos, apodérate de este cuerpo y de esta mente que te rinden incondicional culto y ante tu presencia se arrodillan. Gran redentor acude a mí y dame fuerzas para aniquilar al ejército del hipnotizador y sus viles siervos."* †

Su vestimenta está compuesta de pequeñas partículas, las cuales comienzan a desprenderse de su si-

lueta, que al observarlas más de cerca es un enjambre
de moscas y empiezan a girar alrededor de cada parte

de su cuerpo de manera circular, como si Daemon, sus extremidades y tronco fueran su eje central.

Dos soldados salen de una oficina y se asoman deprisa para ver qué sucede, pero Daemon con su mano izquierda señala al soldado, de inmediato las moscas detienen el giro alrededor del brazo de Daemon y se enfilan hacia los soldados señalados por él, los atraviesan como si fueran lanzas, asesinándolos sin piedad.

Con su mano derecha señala hacia una oficina y lanza un ataque de las moscas, se gira hacia su izquierda y ve un soldado que va saliendo de otro despacho.

Del brazo izquierdo de Daemon salen disparadas las moscas que de la fuerza del impacto levantan al soldado del piso y lo estrellan contra la pared detrás de él, aniquilándolo.

Daemon voltea hacia la oficina del lado donde ve un soldado hablar por celular y rápidamente con su brazo derecho ordena a las moscas atacar, es tal el golpe que lo lanza por los aires. También ataca a un soldado sentado en su escritorio que levanta su arma, pero del impacto de las moscas es alzado de la silla y estrellado contra la pared cayendo muerto.

Daemon continúa caminando hacia el interior del edificio, dos soldados le disparan sin siquiera rasguñar-

lo por la protección de los insectos y nuevamente estos
dípteros, a la señal de dos manos de Daemon, atacan en

11919

lo por la protección de los insectos y nuevamente estos
dípteros, a la señal de dos manos de Daemon, atacan en

formación de dos líneas, perforando los soldados quienes caen muertos al piso.

Se escuchan disparos y gritos, Mariana llora asustada sin saber qué hacer y cubre su boca con sus manos.

Mientras tanto en el piso inferior Daemon continua su búsqueda de Mariana, entra a cada oficina y arrasa con todo y todos a su paso, sin piedad, sin dejar alguien vivo.

Las moscas nuevamente giran alrededor de la silueta de sus extremidades y tronco en forma circular, lo protegen como un escudo y atacan a cualquier rival a su paso.

Los hombres y mujeres en las oficinas de la base corren mientras uno de los soldados grita:

—Necesitamos apoyo.

Sin embargo, Daemon sigue avanzando, devastando todo lo que se atraviesa en su camino, entran do oficina por oficina, asesinando a dos manos a todo aquel en el lugar.

Mariana se dirige hacia la salida de la oficina en la que se encuentra, en ese preciso momento abren aquella puerta, entra Cornelio quien mira a Mariana y le dice:

—Quédate donde estás y no salgas.

Él sigue hacia otra puerta que lleva a una oficina contigua, mientras está abierta se escuchan gritos de los soldados preguntando por las armas y las municiones, Cornelio la cierra, entretanto Mariana se queda ahí parada, desconcertada y temerosa.

En los pasillos se oyen a lo lejos los gritos que dicen:

—Deprisa, deprisa las armas.

Daemon continúa su despiadado ataque, rompe con un golpe de su pierna una de las puertas, ingresando a una de las oficinas, allí un soldado se le enfrenta y con fusil le dispara de frente desde el interior del despacho, el impacto hace retroceder unos pasos a Daemon quien se reincorpora sin un rasguño por la capa protectoria ejercida por las moscas. Éste, reaccionando pausadamente, le lanza el ataque de los insectos por lo que el soldado corre, tratando de ocultarse tras una de las paredes de la oficina para evitarlo, sin contar que la moscas rápidamente atraviesan el muro y lo asesinan.

Mariana mira de nuevo hacia la puerta, la que sería su posible salida, pero no se decide a irse, llora y se pone las manos en la boca.

Tres soldados, uno delante de los demás le apunta con su arma a Daemon propinándole tres disparos de frente y directos solo haciéndolo retroceder sin poder herirlo porque las moscas no permiten que nada atraviese. El soldado se queda sin munición, Daemon camina hacia a él y al ver esto el soldado trata de huir corriendo junto con los otros dos militares que están detrás de éste, todos corren por sus vidas. Daemon alza su brazo izquierdo extendiendo todos los dedos de la palma de la mano, luego baja el brazo señalando al soldado que escapa de su ataque, de inmediato las moscas se agrupan como una saeta y se disparan contra el hombre asesinándolo por la espalda.

Un soldado oculto grita:

—Necesitamos apoyo.

Daemon camina hacia el centro del pasillo de un gran salón de oficinas, alza sus brazos y extiende sus manos, dos enjambres de moscas giran por sobre cada uno de sus brazos. Daemon dice susurrando una oración maligna y todas las luces del edificio y de la base militar se apagan por completo.

Las luces de la oficina donde se encuentra Miguel se empiezan a apagar, él está custodiado por un soldado quien abre la puerta para asomarse y saber qué sucede, se escuchan disparos, gritos y zumbidos, en ese momento pasa Julio y le dice al soldado señalando a Miguel:

—No te despegues de él, vigílalo.

El soldado cierra la puerta y Miguel nota que, sobre la lámpara en el techo del pasillo de la oficina, hay un enjambre de moscas girando alrededor de la luz hasta cubrirla con su oscuridad. Miguel las observa detenidamente y dice:

—El señor de las moscas, †Belcebú†.

Miguel se libera de las esposas que lo amarran sin siquiera romperlas, se levanta rápidamente de la silla y coloca su mano derecha en la frente del soldado que lo escolta, sosteniendo la yema del dedo pulgar en el centro de la frente del soldado, sobre la cual se forma un circulo de color azul índigo brillante bajo la yema del dedo y una circunferencia del mismo color alrededor del mismo, acto seguido Miguel le dice:

—Protégete, vete de aquí con cuidado.

El soldado en estado de éxtasis mira por un momento a Miguel, abre la puerta y sale de la oficina huyendo mientras el Arcángel observa desde adentro, ve a su alrededor a través de las paredes, como si estas fueran de cristal, busca la presencia de Mariana a través de su aura, una vez identifica sus hermosos colores, sin pensarlo y para evitar ser visto, toma una ruta alterna, golpea con su hombro derecho una de las paredes y la atraviesa para cruzar hacia el pasillo e ir por ella.

Mientras tanto, en medio de la oscuridad, Daemon continúa destruyendo a todos a su paso, lanza los ataques de las moscas oficina por oficina, pasillo por pasillo sin detenerse por nada ni nadie.

Mariana sigue oculta en la oficina, se decide a salir, pero cuando va a abrir la puerta siente la presencia de alguien, una sombra bajo el portón que se acerca lentamente.

En la oficina contigua está Cornelio y llega Julio y otro soldado más para armarse y combatir al agresor.

Mariana asustada decide ocultarse tras otra puerta de la oficina que lleva a un cuarto útil.

Daemon continua caminando por los corredores, lanza las moscas como proyectiles a diestra y siniestra, abriendo las palmas, entra a una oficina y con sus dos manos lanza las moscas como saetas, que atraviesan a un soldado que dispara hacia él, las moscas perforan todo a su paso, cristales, muebles, paredes y a otros militares apostados allí que mueren por la seguidilla de ataques de Daemon, un soldado salta por una de las ventanas de la oficina hacia otra para caer al piso muerto por un nuevo ataque de Daemon.

Un soldado se levanta y le dispara con un fusil a Daemon impactándolo en el pecho a lo que éste, por el golpe del tiro, da un paso hacia atrás, sin embargo, se reincorpora y con su mano izquierda le lanza las moscas, las cuales perforan la cabeza del soldado a través de su ojo. Los insectos se reagrupan girando alrededor de Daemon acoplándose a su cuerpo como su ropaje.

Mariana oculta tras una puerta, acurrucada en el piso, mueve su mirada hacia la salida, escucha los lamentos de los soldados heridos en medio de la oscuridad.

Mientras que Daemon continua su paso firme caminando entre el fuego y por encima de los cadáveres, lleva en cada mano una saeta negra compuesta de moscas.

Otro soldado sale de repente de una de las oficinas y le dispara en el torso a Daemon a lo que éste responde con su brazo derecho señalándolo, a esta indicación de inmediato las moscas golpean al soldado matándolo y regresando a Daemon, acoplándose al brazo de éste en forma cilíndrica.

El malvado pasa por el lado de la puerta abierta de la que salió el soldado que asesinó, mira hacia adentro y al no ver a nadie continúa de largo, se escucha un soldado que grita:

—Larguémonos de aquí, hay que pedir refuerzos.

De la mencionada puerta sale Cornelio y apunta su rifle hacia Daemon disparándole una ráfaga contra la espalda, la cual es protegida por las moscas. Daemon se da vuelta y apunta su brazo derecho hacia Cornelio atravesándolo en el pecho con los dípteros, quienes adquieren la forma de varias saetas en apariencia cilíndrica, Cornelio suelta el rifle y cae sentado al suelo mal herido.

Daemon se voltea y continúa su camino en búsqueda de Mariana, de la misma oficina por donde salió Cornelio sale Julio quien se agacha para ver cómo está éste, al verlo tan lastimado se levanta con furia, grita:

—¡Hey!

Le dispara toda su carga de fusil a la espalda de Daemon, el impacto lo desplaza un poco hacia el frente, pero sin hacerle nada por la coraza que ejercen las moscas sobre él, Daemon se da vuelta de nuevo y con las saetas sobre ambos brazos, señala a Julio con sus dos manos extendidas y los insectos salen como un tiro contra Julio quien es aniquilado por los impactos de las moscas.

Daemon sigue caminando con los dípteros preparados para atacar a cualquier adversario, pasa caminando por el lado de una puerta cerrada con las moscas sobre sus brazos.

Mariana siente la presencia de alguien cerca a la puerta y cuando ella se asoma para ver, aún se observa una sombra bajo la rendija. Ella se oculta de nuevo asustada y nerviosa, cuando se da cuenta que tratan de abrir la puerta llora llena de miedo, cierra sus ojos mientras escucha que la puerta es derribada con una tremenda fuerza, Mariana mira de reojo y cierra sus ojos nuevamente cuando siente que un hombre entra a la oficina donde se oculta, escucha una voz que dice:

—Mariana ven a mí.

Ella de inmediato lo reconoce, se trata de Miguel, abre sus ojos y corre hacia él, rápidamente ambos huyen a través de las oficinas, los destrozos y el fuego.

De repente escuchan una voz que pronuncia el nombre:

—Mariana

Se detienen para darse cuenta de que es Cornelio, sentado en el suelo, herido de muerte. Mariana y Miguel se agachan para escucharlo y tratar de auxiliarlo.

Cornelio: Lamento no haber creído en ti Miguel. Tomen las llaves de mi auto que está en el parqueadero y huyan de aquí. Por favor protégela, solo tú puedes hacerlo.

Las lágrimas corren por el rostro de Mariana.

Miguel coloca su mano derecha en la frente de Cornelio, el cual de inmediato entra en estado de serenidad y siente que el dolor se va poco a poco, cierra sus ojos y se queda profundo como si durmiera.

Miguel: Debemos irnos.

Mariana observa todo y obedece las indicaciones de Miguel, ella toma su mano siguiéndolo.

Daemon también apresura su paso buscando a Mariana, camina entre las oficinas, está siguiéndolos muy de cerca, en todos los despachos hay llamas y cadáveres, él escucha que un vehículo ha arrancado a toda velocidad y sale entre el fuego de las instalaciones a la puerta del edificio y puede ver a Miguel conduciendo una de las patrullas de la policita militar, de inmediato lanza su ataque de moscas hacia el vehículo el cual es golpeado en el lado del conductor y es perforado en la parte de atrás, sin embargo Miguel y Mariana logran escapar del lugar acelerando a toda velocidad entre los otros autos que se encuentran parqueados en la base.

Daemon sale de la base militar caminando y se aleja perdiéndose en la oscuridad.

El vehículo de la patrulla militar en el que se desplazan Miguel y Mariana empieza a detenerse, en la pantalla de este vehículo habla el presentador de las noticias:

Estas son noticias de la F.M.: El ejército inició la mayor movilización que ha habido en la historia de la ciudad, las fuerzas armadas de tres brigadas buscan a un hombre no identificado que ha estado cometiendo múltiples crímenes entre ellos el ataque de la base militar que hasta ahora ha dejado decenas de muertos y heridos.

Miguel apaga el auto en la berma, ambos se bajan, Mariana alcanza del asiento trasero una manta mientras Miguel abre la maleta del vehículo y toma de allí una

12026

linterna y un botiquín de primeros auxilios, le pide a Mariana que los sostenga y dice:

—Debemos deshacernos del auto.

Miguel cierra la maleta y lo empuja con gran fuerza rodándolo por la vía hasta meterlo dentro de un matorral perdiéndose en el humedal.

Luego toma de las manos de Mariana la linterna y camina hacia el bosque. Ella se queda mirando el auto y al darse cuenta que Miguel ha iniciado la marcha lo sigue.

Caminando a través de este antiguo bosque iluminado por luciérnagas, lo que le da un toque de encanto, sin adentrarse mucho, Miguel ilumina con la linterna el camino y encuentran un lugar formado por dos rocas con suficiente espacio entre ellas como para refugiarse, que les permite ocultarse y protegerse de la noche. Se alcanza a escuchar en la vía un camión que pasa cerca.

Miguel suelta en el suelo el botiquín y la linterna que llevaba en las manos, luego se sienta a un lado y Mariana del otro lado tiembla.

Miguel: ¿Estás bien?

Mariana: Estoy helada del frio.

Miguel se levanta, toma algunas piedras y las junta en el piso, también recoge del suelo dos pequeñas ramas de un árbol y las frota colocándolas cruzadas y estas casi de inmediato se encienden creando una pequeña hoguera.

Mariana: Todavía tengo mi mente revuelta, todo esto es tan difícil de asimilar.

Miguel se sienta a su lado, la cubre con el brazo por encima de los hombros para abrazarla mientras le coloca la frazada y le dice:

—Toma tiempo, poco a poco lo irás asimilando.

Mariana: Dime, ¿Cómo se siente venir a este mundo desde el tuyo?

Miguel le responde pausadamente mirando como hacia el horizonte: Una luz blanca, mucho dolor, es como nacer.

Mariana se abraza a él y percibe con su mano que Miguel está hirviendo, siente como si le hubiera quemado.

Ella lo mira atónita pasando su mano por su frente y cuello.

Miguel: Es solo un poco de fiebre.

Mariana mirándolo a los ojos con cara de preocupación le dice:

—¿Estas lastimado?

Miguel: No es grave.

Ella revisa y encuentra una herida, el costado derecho del torso de Miguel esta traspasado, en su rostro ella refleja de inmediato el desasosiego.

Mariana: Debemos ir con un doctor.

Miguel: De ningún modo, estoy bien, no te preocupes.

Mariana: ¿Cómo que no me preocupe? ¿Estás loco? Te voy a revisar, quítate esto.

Miguel se retira el abrigo y se acomoda recostando la espalda contra la pared de piedra, mientras Mariana toma del botiquín el termómetro y dice:

—¡Señor!

Miguel: Solo traspasaron la piel.

Mientras conversan de la herida corren líquidos vitales.

Mariana: Ay Dios mío, esto me pone nerviosa.

Miguel la observa detenidamente y tiene una leve sonrisa en el rostro que ella no nota.

Mariana mientras revisa el termómetro y se lo coloca bajo la axila le dice:

—Háblame de algo.

Miguel: ¿Qué?

Mariana: No sé, algo, solo habla, dime algo acerca de por qué estás aquí y por qué yo.

Miguel: Mi advenimiento a este mundo es para proteger la Iglesia del Señor.

Mariana le hala el brazo bruscamente para revisar el termómetro y Miguel reacciona viéndola al rostro con cara de dolor y agregando un pequeño gruñido.

Miguel la mira a los ojos y le dice:

—Tu eres la razón.

Mariana lo ve tímidamente para luego agachar la mirada y continuar revisándolo.

Miguel: Tu nombre, Mariana, proviene del idioma hebreo.

Ella continúa examinando la herida mientras él le sigue   hablando.

Mariana: Dime más.

Miguel: Se deriva del nombre María y el de Ana. El primero quiere decir "Elegida de Dios" o "Amada por Dios" mientras que el segundo, significa "Dios se ha compadecido".

Mariana sonríe y dice:

—Vaya, al menos ya sé que tengo algo especial.

Y ella agrega:

—Se supone que no sabes cómo sucederá todo, no quiero equivocarme y echarlo todo a perder cuando sea el momento.

Miguel: El Señor no habló mucho de sus planes, sé que consolidarás la iglesia antes de la guerra…

Mariana levanta su mano derecha y de inmediato lo interrumpe diciéndole:

—Espera, no quiero saberlo.

Mariana: Así que el Señor te envío aquí.

Miguel: Yo me ofrecí.

Mariana: ¿Por qué?

Miguel: Solo para conocer a la profecía, Mariana Vestal, quien enseñará al pueblo del Señor a unirse y a luchar, le enseñó a organizarse, preparó la Iglesia desde el principio, cuando te escondías antes de la guerra.

Mariana lo observa desconcertada, con una sonrisa nerviosa mira de un lado al otro sorprendida y le dice:

—Hablas de cosas que aún no han pasado, que no sé de qué tratan, eso me hace perder la cabeza.

Ella mientras dice esto, limpia la herida y se da cuenta que del costado derecho fluye sangre y agua, sorprendida mira al rostro a Miguel y dice:

—La expiación sacrificial en la sangre precede lógicamente a la…

Es interrumpida por Miguel quien completa la frase diciendo:

Miguel: La vivificación espiritual en el don del Espíritu, simbolizado por el agua.

Mariana obnubilada le dice a Miguel:

—Eres sobrenatural

Miguel la observa fijamente por lo que ella timida baja la mirada y continúa cubriendo la herida con vendas y diciendo esto toma el brazo de Miguel y tira de éste, lo que a Miguel le hace doler, se queja por la molestia y la mira con seriedad.

Mariana fija la vista en él angustiada y le dice:

—¿Estás seguro de que soy yo?

Miguel: Lo estoy.

Mariana continúa limpiando la herida y empieza a cubrirla con esparadrapo y gaza y le dice:

—Mira, ¿parezco una predicción divina?

Termina de curar a Miguel y agrega:

—No soy fuerte, ni organizada, no puedo ni con la agenda de la universidad.

Diciendo esto Mariana se pone de pie y Miguel se coloca de nuevo el abrigo mientras ella continúa diciendo:

—Mira Miguel no pedí tener ese honor y no lo quiero, para nada.

Ella se da vuelta con su mano derecha en su boca, pensativa.

Miguel: El Dios Padre me dio un mensaje para que lo tengas siempre presente.

Ella se gira hacia Miguel atenta y en silencio mientras asiente con la cabeza.

Ella se gira hacia Miguel atenta y en silencio mientras asiente con la cabeza.

Miguel: Porque has puesto al Señor que es mi esperanza, al Altísimo por tu habitación, no te sobrevendrá mal, ni plaga tocará tu morada. Pues él ordenó a sus santos ángeles ir cerca de ti, que te guarden en todos tus caminos. En las manos te llevarán, para que tu pie no tropiece en piedra. Salmo 91, 9-12.

Miguel se levanta, palpa el vendaje con la palma de la mano izquierda, se mueve un poco alrededor y le dice a Mariana:

—Es una buena curación.

Mariana con una leve sonrisa le pregunta:

—¿Te gusta? Es la primera vez que lo hago.

Miguel se sienta nuevamente recostado en la piedra y le dice:

—Duerme, pronto amanecerá.

Ella camina mientras se estremece por el frio, se sienta a la diestra de Miguel diciendo:

—Dime más.

Miguel: ¿De qué?

Mariana: Háblame de tu mundo.

Miguel: Esta bien.

Él toma una pausa, recuesta su cabeza sobre la pared, respira calmadamente e inicia su relato.

Miguel: En un principio, cuando el Señor hubo completado su creación, el Génesis llevado a cabo, estando en su momento de mayor brillo, varios rayos de luz cruzan el Edén. Y el Señor Dios hizo brotar de la tierra todo árbol agradable a la vista y bueno para comer; asimismo, en medio del huerto, el árbol de la vida y el árbol del conocimiento del bien y del mal.

Mariana recuesta su cabeza en la pared y cierra sus ojos mientras Miguel continúa hablando.

Miguel: En este lugar muchas criaturas habitaban, conviviendo con el hombre, la mayoría de ellas ya hoy extintas.

Mariana gira su cabeza de lado observándolo al rostro atentamente.

Miguel: Pero para entender el origen del mal, debemos mirar al pasado, a la primera guerra en el universo; porque ésta no ocurrió en la tierra. Antes de que este mundo existiera, hubo una guerra en el cielo.

Mariana: Es casi inimaginable, suena como la última paradoja, que pudiera haber batallas y conflictos entre las creaciones perfectas de Dios en el paraíso.

Miguel: Pero las hubo, a pesar de que el cielo probó ser un maravilloso lugar de paz y alegría. Un océano virtual de innumerables espíritus ministradores, llamados Serafines y Querubines.

Mariana: Supongo que te refieres a los Ángeles.

Miguel: Así es, la palabra Ángel que significa "Mensajero de Dios".

Mariana: Según sé son un sinnúmero de ellos, cada uno con un nombre distinto.

Miguel: Es infinito el número, aquellos que crees son estrellas en el cielo en realidad son ángeles, sin embargo, solo Dios nuestro Señor sabe sus nombres, nadie más, aquel que te diga lo contrario te está engañando y el engaño es obra del padre de la mentira.

Mariana: Por mis estudios conozco que en la Biblia solo son nombrados Miguel, Gabriel y Rafael.

Miguel: Son los únicos nombres divulgados por el Señor para brindar protección, y todos estamos bajo el mandato de la Trinidad. No obstante, el Señor creó un extraordinario Ángel para servir como líder de la multitud celestial entera. Su nombre era †Lucifer†, que significa "portador de luz".

Mariana abre sus ojos y escucha atentamente observando a Miguel quien está a su lado dando su relato, viendo al muro de piedra sin realmente mirarlo.

Miguel: Este querubín fue el más grande ser creado por Dios y tenía la posición más cercana al trono del Señor, por ello también recibía el nombre de Metatrón y estaba directamente bajo la autoridad del hijo del Señor.

Mariana recuesta su cabeza en la pared pensando, escuchando atenta lo que Miguel le cuenta:

—†Metatrón†, nombre de †Satanás† en el cielo, que significa el más cercano al trono, siendo un querubín, estaba, por tanto, asociado a la gloria de Dios.

Él era el querubín "ungido", muestra de que alguna vez tuvo una posición especial entre los otros querubines, fue una vez el jefe de ellos.

Perfecto era en todos sus caminos desde el día que fue creado, hasta que se halló en él maldad. El ángel †Metatrón† que ahora conocemos, no fue concebido malvado. Él solía ser intachable en sus caminos y fue creado perfecto, con sabiduría y belleza. Esta perfección, sin embargo, duró hasta que se halló iniquidad en él. En algún punto †Metatrón† llegó a oponerse al Señor.

†Metatrón† fue creado. Tan poderoso como lo es, no es eterno como mi Señor Dios. Los ángeles fueron creados para servir a Dios. †Metatrón†, sin embargo, quería esta autoridad para sí mismo. Él quiso usurpar la autoridad del Señor sobre los ángeles.

Se enalteció su corazón a causa de su hermosura, corrompió su sabiduría a causa de su esplendor, fue tomado por su propia belleza y perfección y pensó que se merecía estar en el lugar de Dios.

Esto resume lo que fue el pecado de †Metatrón†. La rebelión de †Lucifer†, el origen de †Satanás†, que quería ser como el Señor, con toda la gloria, el honor y el poder que viene con ser Dios.

Mariana aun sentada medita, su cabeza le da vueltas por toda la información, cierra los ojos por un momento para reflexionar, mientras Miguel continúa hablando:

—†Metatrón† gradualmente comenzó a codiciar el poder del Señor, pero no su personalidad; al pensar en sus propias habilidades y belleza extraordinarias, los cancerosos tentáculos del orgullo y auto admiración cautivaron su mente. Este resentimiento y envidia, finalmente lo llevó a violar la sagrada Ley de Dios, y a rebelarse contra Su gobierno.

Mariana: ¿Si ya existía un gobierno constituido, éste tendría leyes que lo regían?

Miguel responde:

—El Señor ordenó que las leyes de la física go-
bernaran al mundo material en que vivimos; sin esas

14040

leyes naturales, el universo sería un caos. Del mismo modo, las leyes morales de Dios siempre han provisto seguridad y estabilidad al cosmos.

Mariana: Algunos piensan, que los Diez Mandamientos no existieron, hasta que El Señor los entregó a través de Moisés en el Monte Sinaí.

Miguel le objeta diciendo:

—Pero Las Escrituras les enseñan que los principios de las Leyes de Dios han existido por toda la eternidad; pues son la base fundamental de su paradisíaco reino de amor.

Los Diez Mandamientos son un resumen de las características de un Dios de Amor; los primeros cuatro mandamientos describen quién es Dios, Su Poder, Su territorio y Autoridad; los últimos seis, describen cómo es Dios, Su Honestidad, Su Pureza, Su fe; todas estas cosas, siempre han sido verdad, y siempre serán verdad.

Mariana: Ahora supongo que, por primera vez en la historia de la eternidad, †Lucifer† comenzó a violar estos principios perfectos.

Miguel avala lo dicho por ella, agregando:

—Precisamente, †Lucifer† sabía que, si iba a compartir el poder y estatus del Señor, necesitaría apoyo; así que se puso a trabajar. Comenzó tortuosamente a circular entre los Ángeles plantando semillas de duda y descontento, con respecto al liderazgo de Dios; al mismo tiempo, sutilmente hacía notar sus propias virtudes.

Él insinuó que Dios abusaba de Su poder divino, y sus leyes restringían la verdadera libertad y felicidad de Sus criaturas. Con su razonamiento audaz, y poder sin igual de influir, †Lucifer† pudo persuadir a un gran número de Ángeles, de unirse a su motín.

Mariana se levanta inquieta e intrigada y lo mira diciendo:

—¿Cómo tantos Ángeles competentes pudieron ser embaucados para seguir a este desertor?

Miguel permaneciendo sentado la mira fijamente y le dice:

—Hasta este punto ningún Ángel había escuchado una mentira; y en esta temprana etapa de la rebelión, los Ángeles no se dieron cuenta de cuán obsesionado se volvería †Lucifer† en adquirir la posición del Señor. No sabían que finalmente, planearía la tortura y asesinato del Hijo de Dios en la cruz, en un intento por subir a Su trono.

Mariana: Si El Señor sabe todas las cosas, incluyendo los pensamientos de Sus criaturas; ¿por qué permitió   que   esto   ocurriera?

Miguel: Él entendía exactamente lo que estaba pasando por la mente de †Lucifer†, y en amorosa piedad, Dios advirtió al descarriado Ángel del peligro; pero al final, el orgullo y amor propio, no le permitieron a †Lucifer† arrepentirse. Así que eligió la rebelión total contra el Señor, en vez de la humilde obediencia.

Mariana se serena un poco y se sienta nuevamente, observa el perfil del rostro de Miguel y le pregunta:

—¿Esto significa que el Señor creó a un Ángel defectuoso?

Miguel: No, pero Él creó a †Lucifer† con la libertad de elección. La libertad de elección es una cosa maravillosa, pero lleva consigo un increíble riesgo, incluyendo el de la rebelión, y la posibilidad, de que el amor de Dios pueda ser rechazado. El amor real no puede venir de una criatura preprogramada, no puede ser forzado; debe ser voluntariamente dado.

Mariana: ¿Por qué el Señor no destruyó inmediatamente la rebelión?

Miguel: Eso en realidad no habría resuelto el problema, al contrario; esto solo habría intensificado las dudas y sospechas, que †Lucifer† ya había plantado en las mentes de los ángeles. Él sabía, como nadie más podía saber, el manejo interno del gobierno de Dios; su destrucción, se habría visto como parte de un gran encubrimiento, y la razón que motivara el servir a Dios, hubiera sido el miedo a las represalias y no el amor.

Mariana: Comprendo, el Señor en Su sabiduría, supo que la mejor forma de enfrentar la crisis era permitiendo que siguiera su curso.

Miguel agrega:

—Esa sería la única forma en que se aseguraría de que el mal, no se levantara otra vez.

Cuando Metatrón, que es el mismo †Lucifer† y sus seguidores llevaron su rebelión abiertamente, el Señor supo que no habría paz si se les permitía quedarse en el cielo. Debía ponerse un límite, tomar acción, y desalojar a los rebeldes. Pero †Metatrón† y sus seguidores nunca se irían por su propia voluntad o pacíficamente, el siguiente, paso era la guerra.

Sobrevino una guerra en el cielo y con mis ángeles luche contra el dragón; y luchaban el dragón y mis ángeles; pero no prevalecieron, ni se halló ya lugar para ellos en el cielo.

Y fue lanzado el gran dragón, la serpiente antigua, que se llama †diablo† y †Satanás†, el cual engaña al mundo entero; fue arrojado a la tierra, y sus ángeles fueron arrojados con él.

Fue la primera guerra en el universo; porque ésta   no   ocurrió   en   la   tierra.

Cuando †Lucifer† pecó, él fue expulsado de su posición en el cielo. Su rebelión también provocó la caída de los ángeles. Un tercio de ellos se unieron a †Lucifer† en su rebelión. Estos ángeles caídos ahora se llaman †demonios†.

Mariana sentada, con su cabeza recostada sobre la pared de piedra, parpadea hasta cerrar sus ojos, empieza a visualizar lo que Miguel le describe a través de un profundo sueño:

Sin estar presente físicamente, puede ver en medio de una noche oscura un campo verde, una flora hermosa y un exuberante salto a la existencia; plantas de todos los colores, formas y tamaños, un terreno llano, con muchos árboles, pero despoblado, podría decirse que, de singular forma similar al Edén, se extiende al horizonte.

Levantando la mirada hacia el cielo despejado, que permite observar el firmamento lleno de estrellas, la quietud y calma de las alturas se ve interrumpida por el sonido de trompetas en el cielo, que retumban en todos los rincones del cosmos, como anunciando tiempos de guerra, es la guerra cósmica o celestial.

Seguidamente se estremece el universo por completo, un cielomoto, más conocido como un temblor del cielo ha hecho vibrar cada árbol, flor,

roca y césped sobre aquel llano verde, los come-
tas cruzan de un lado a otro de la bóveda celestial,

rayos y centellas salen disparados de extremo a extremo en el cielo, como si fueran tiros de un flanco a otro que a su vez son respondidos, intensificándose a cada momento. Destellos y descargas cruzan la bóveda celeste.

Una tormenta de relámpagos ilumina las alturas, se escuchan trompetas provenientes del cielo, en el firmamento se puede advertir dos fuerzas de luz, como si fueran dos galaxias de estrellas, una más grande que la otra, los ángeles del Señor enfrentados contra los ángeles de †Lucifer† respectivamente, cada una aproximándose lentamente a su opuesta hasta que colisionan en una lid que se extiende por innumerables soles y lunas hasta llegar a una noche final del choque, una gran explosión de materia, tiempo y espacio, liberando grandes cantidades de energía y polvo en el cosmos.

La nube de estrellas más pequeña se desprende de la explosión, desplomándose, se trata de los ángeles caídos, que vagaron por el universo, buscando inútilmente mundos que se compadecieran, y que se unieran a su rebelión.

Aun de noche desde el Edén, se observa que se abren los cielos, se forma un portal dimensional que hace girar a las nubes como similar a un remolino, de adentro sale un lucero cayendo de las

alturas del cielo, cruzando entre las nubes como
si fuera un misil balístico derribado, haciendo un

14848

arco de luz desde el cenit, tal como un meteorito brillante de más de 17 metros de diámetro, impactando la faz de la tierra, liberando una energía de 500 kilotones, haciendo una explosión de luz y lava, generando destellos volcánicos, produciendo una inmensa carga eléctrica y estática.

«Fue lanzado el gran dragón, la serpiente antigua, que se llama diablo y †Satanás†, el cual engaña al mundo entero; fue arrojado a la tierra, y sus ángeles fueron arrojados con él.» Apocalipsis 12.7-9.

El humo se disipa y entre los escombros se ve la Puerta al infierno, una prospección de gas, ubicada en el gran desierto. El enorme agujero tiene 60 metros de diámetro y 20 metros de profundidad.

De dicho hoyo, ardiendo en fuego todo a su alrededor, entre un silencio que se contrasta con el sonido del incendio al quemar, sale una figura con silueta humana, el ser que nota que lo observan, pero sin poder ver a alguien, porque no hay nadie allí aparte de él, sin embargo, en ese momento, Mariana lo observa desde su sueño. Este ser se acerca lentamente de frente a donde es observado por ella, se detiene y gira la cabeza de lado y se puede ver que es un †demonio†, con cuernos como los de un toro, de sus malares salen otros

dos cuernos con apariencia de bigote, en su frente un agujero con forma de rombo que se puede

15050

ver hacia el interior hueco, donde relumbra una llama de fuego, su nariz está abierta formando un semihoyo, cerrado en conjunto con su boca que parece entre abierta pegada como por tiras de su piel derretida.

La barbilla es puntiaguda, unos pequeños y redondos destellos de fuego son sus ojos. Su cuerpo es grisáceo con líneas blancas que hace formas de dos rayas gruesas paralelas que rodean los dos hombros y se ramifican en otras dos líneas hacia la espalda. Otras dos rayas paralelas grises gruesas hacen una forma en el fornido brazo izquierdo, que se puede ver por la postura de lado que tiene este maligno.

En el pecho tiene un hoyo en forma de rombo como si las costillas se hubieran abierto y separado y los pedazos de los huesos le quedaran colgando. Por dentro de su tronco se puede distinguir fuego ardiendo como las llamas del averno.

Mientras este ser inesperadamente se acerca de frente, paso a paso, repentinamente se escucha un sonido muy agudo, casi como un chillido, similar a cuando la madera en el piso rechina al andar.

En ese momento el fuego lo envuelve todo como una marea de llamas y Mariana que se encontraba re-

costada, dormida en los brazos de Miguel, despierta su-
dorosa   y   nerviosa   y   le   dice:

—Soñé con fuego.

Miguel: Es la señal de tu iluminación y transformación interior que usarás para consolidar la iglesia del Señor.

Mariana: El mundo que describes es aterrador.

Ya amaneciendo, ambos, caminan uno tras el otro, a través del bosque buscando la salida de aquel lugar.

De camino se encuentran con una cabaña abandonada, allí Miguel ve una camioneta vieja, marca Ford Explorer del año 2010, color gris oscuro, se acerca a ésta para revisarla, le pide el favor a Mariana que sostenga el Santo Rosario y la Biblia y trata de repararlo.

Mariana mientras tanto ingresa a la cabaña y allí encuentra en un rincón, sobre una mesa, un teléfono antiguo junto a una biblioteca. Coloca la Biblia con el Santo Rosario sobre dicha mesa y toma el teléfono para llamar a su padre, Pedro, y así avisarle que se encuentra bien y que no se preocupe.

Pedro le dice que se enteró por las noticias de lo sucedido en la base militar cuando iba de camino hacia allí para recogerla.

Mariana: Fue algo horroroso, pero gracias a Dios estoy bien papá, no te preocupes.

Pedro insiste en saber dónde se encuentra para auxiliarla e ir por ella, sin embargo, ella se niega a decírselo con exactitud, le menciona que está en un lugar apartado y le pide que confié en ella.

Pedro: Estaré pendiente en caso de que me necesites. Te amo mucho mi hijita, cuídate mucho.

Yo también te amo papá responde Mariana despidiéndose y cuelga el teléfono.

Luego de esto ella observa los libros de la repisa, mientras se asoma a través de una ventana para mirar que hace Miguel, dándose cuenta de que continúa reparando la vieja camioneta, ella ingresa de nuevo su cabeza y continúa revisando aquella especie de biblioteca. Allí hay algunos libros de literatura, algunos de profecías entre otros que son libros religiosos.

Mirando la biblioteca se le ocurre por curiosidad ver la Biblia Católica de Miguel, le da una ojeada y encuentra entre el libro anotaciones y pasajes subrayados por él.

Tiene señaladas unas páginas con separadores y marcador. Lee una de las profecías del libro del Apocalipsis:

"Cristo dio una lista de seis eventos diferentes que han de suceder antes de Su segunda venida. Ellos son precisamente paralelos con los que leeremos comenzando con Apocalipsis 6.

Primero — falsos profetas y falsos cristos.

Segundo — guerras a lo largo de la era, culminando en el tiempo del fin con guerra mundial.

Tercero — Hambres.

Cuarto — pestilencias, porque esto era un precursor, o tipo, del aún futuro asedio a Jerusalén y la final batalla de Armagedón. Pero sólo como un tipo precursor del tiempo del fin, ¡al cual se refiere su advertencia LITERALMENTE!

Quinto, La Gran Tribulación.

Sexto, son las señales celestiales — cuando las estrellas caen y el sol y la luna son oscurecidos. La señal de la venida de Cristo ocurre en ese mismo tiempo. Su venida real es inmediatamente después de esto."

Mariana arranca la hoja del libro y se dirige donde se encuentra Miguel reparando la vieja camioneta.

Mariana: Tengo una idea, †Satanás† y sus †demonios† están involucrados activamente en la promoción de un sistema mundial que se opone a los planes de Dios.

Miguel: Así es, pero es mejor que no lo menciones, eso podría atraerlo a nosotros.

Mariana: De acuerdo, pero podemos buscar siguiendo las señales como detener esta conspiración.

Miguel: Las cosas no suceden así, no se puede alterar el curso de los hechos ni de los eventos.

Entretanto Mariana asiente con la cabeza y en un gesto de ira inconmensurable se muerde los labios para luego decirle:

—Entiendo, ya lo veo, es muy claro, no quieres ayudarme porque solo pretendes aprovecharte de mis creencias y de mi ingenuidad.

Mariana echa a correr mientras Miguel trata de detenerla para calmarla tomándola del brazo, pero ella se zafa y le grita:

—Eres despreciable, ¿Entonces que mi vida se destruya es lo que quieres?

Ella huye del aquel lugar corriendo a través del bosque hacia abajo, por un camino ya cubierto por el pasto y la maleza.

Miguel la sigue calmadamente a un paso sereno hasta que ella desaparece de su vista sin dejar rastro.

Mariana se encuentra sola en el bosque buscando huir, ocultándose por un largo rato de Miguel, cuando siente que ya es el momento, ella sale de su refugio y se encuentra de frente con Miguel, ella pone resistencia de manera agresiva tratando de zafarse de nuevo de sus manos, sin embargo, Miguel logra tomarla con sus dos brazos mirándola fijamente a los ojos diciéndole:

—Serénate.

De inmediato ella cae sentada sobre una roca que yace cerca, mirando fijamente a Miguel que permanece de pie, él por un momento es oculto por los rayos del sol, como si se desvaneciera entre la luz, para continuar en el mismo lugar donde se hallaba.

Miguel se sienta junto a ella y le explica:

—†Lucifer†, su poder e influencia son grandes. De hecho, el mundo entero está bajo el poder del maligno. Por ello a †Satanás† también se le conoce como el "dios de este mundo". Debido a su deseo de usurpar la autoridad de Dios, †Satanás† perdió su posición en el cielo, sin embargo, él sigue siendo, un ser de gran sabiduría, poder y cuidado.

Mariana: No entiendo, ¿Por qué no podemos detener todo antes de que suceda?

Miguel: Eres la elegida por el Señor para ser la madre de una iglesia renovada, la iglesia que posteriormente emergerá, en su regreso al mundo del Salvador.

Mariana: ¿Pero yo? Solo soy una mujer de 21 años que estudia tercer semestre de Teología y Filosofía y que solo quiere organizar su vida.

Miguel Ángel: Tú traerás al mundo la esperanza a través del ejército de fieles del Señor. El Salvador de la humanidad vendrá, justo al final de la última batalla entre el bien y el mal, en Armagedón. En poco menos de una década de oscuridad, no se sabe con exactitud cuándo o como, pero †Satanás† gobernará en el mundo con sus aliados, la disidencia angelical, aquellos soldados que cayeron junto con él del cielo por tratar de promover un golpe de estado.

Mariana asustada y perpleja le responde:

—Esto no puede ser, toda mi vida, mis sueños y proyectos, ¿Debo renunciar a ellos?

Miguel: Es tu decisión, solo tú sabes en tu corazón cuál es tu deber.

Mariana se queda callada, sentada en una roca, pensando que hacer.

Miguel Ángel responde:

—Se trata de un salto de fe, dejarte caer en las manos del Señor.

María: Me asusta mucho el mundo que describes.

Miguel Ángel: El Señor está con nosotros y a su vez yo estoy aquí para protegerte, nada ni nadie podrá tocarte mientras estemos bajo la sombra del omnipotente y si es necesario sacrificaré mi vida para que prevalezcas.

Miguel la ayuda a levantarse con la mano izquierda, mientras, con la derecha, sostiene el Santo Rosario, salen de allí en silencio para tomar la vieja camioneta.

En otro lugar de la ciudad, en el edificio en construcción, Daemon se encuentra sentado sobre una silla, revisando el celular de Isabel, se puede observar en su rostro ya transformado, como si las venas de su cara estuvieran brotadas y uno de sus ojos, horripilante como de carnero. Él se encuentra buscando información personal de Mariana, en contactos, chats, navegación y demás que le permitan llegar a ella.

En ese momento tratan de abrir la puerta para ingresar al apartamento donde Daemon se encuentra, pero está cerrada con seguro, es el vigilante del turno de día, un hombre afroamericano, buscando a su compañero de la noche, que sin saberlo yace muerto en aquella habitación, diciendo:

—¿Daniel, estás aquí? Huele asqueroso, ¿tienes un animal muerto ahí dentro?

El tipo continúa tocando la puerta y moviendo la perilla tratando de entrar, cuando Daemon toma del cuello a Daniel, el hombre que fue sacrificado la noche anterior, y tal como si fuera un muñeco de ventrílocuo hace que el cadáver hable:

—Vete al diablo, imbécil.

El vigilante en la puerta le responde:

—¡Qué carácter!

Y se va de allí mientras mueve su cabeza de lado ofendido por cómo le respondió Daniel.

Daemon, suelta el cuerpo y continúa hurgando el celular de Mariana, hasta que encuentra:

Simón Pedro Vestal
Casa de papá
Calle Roma, número 101
Móvil: 3127770

Corresponde a los datos del padre de Mariana, junto con su fotografía.

Daemon se levanta de la silla, luego del ritual †Satánico† puede levitar, lo hace fuera de la habitación, él luce más alto, de espalda ancha, vestido de una amalgama de moscas que se alinearon formando una capa como un hábito o largo gabán y la capucha sobre su cabeza, que cubre todo su cuerpo y no permite que se vean ni sus manos ni los pies, estos insectos se acoplan a su cuerpo como un exoesqueleto.

Él levita tranquilamente a través del pasillo solitario de la construcción como si fuera un ánima o alma en pena. En el trayecto del corredor un obrero se lo encuentra y lo observa detenidamente, del susto se pliega a la pared diciendo:

—¿Qué diablos?

Daemon continúa de largo sin detenerse, como si fuera un espectro.

En otro lugar, Miguel conduce el vehículo con Mariana sentada a su lado, en medio de una neblina que se disipa poco a poco en el entorno de un frio amanecer. Luego de un rato salen a la carretera que les separa del bosque antiguo donde estaban.

Al conducir por un rato encuentran un hogar de paso para indigentes en el que se detienen. Parquea la vieja camioneta a las afueras, descienden del vehículo. Cerca se puede ver y escuchar que pasa un camión por la carretera, mientras ellos ingresan.

Allí se encuentran con un hombre llamado Lucas, quien los recibe amablemente. Mariana toma la palabra, los presenta y le pide al hombre que si les permite quedarse ese día en aquel lugar.

El hombre mira a ambos y asintiendo con la cabeza les dice:

—Por supuesto, cualquier hijo de Dios necesitado es bienvenido en esta humilde morada.

Miguel lo observa cuidadosamente guardando silencio.

Lucas los dirige hacia una habitación pequeña, pero cómoda para los dos, en la cual hay una cama y un pequeño sillón con una ventana que da hacia la calle.

Mariana le da la mano y le agradece tan bello gesto, mientras Miguel, mirándolo a los ojos le agradece:

—El Señor te lo habrá de pagar.

Lucas: Amén, es con mucho gusto.

Lucas los deja acomodados y se retira.

Una vez dentro de la habitación Mariana y Miguel se adecuan, ella se sienta por un momento en el sillón, mientras él revisa el lugar, los accesos y salidas, las ventanas y cómo está distribuido aquel sitio, mientras Mariana se estira un poco moviendo su cabeza hacia arriba y dice:

—Me encantaría una ducha.

Él termina de inspeccionar toda la habitación y Mariana le dice:

—Debemos revisar tu herida.

A lo que Miguel la mira y le responde mientras camina hacia la puerta:

—Luego, debo salir y traer algunas cosas.

Continúa su camino hacia la entrada, antes de abrir se detiene, voltea a ver a Mariana, toma del bolsillo de su abrigo la Biblia y el Santo Rosario y se las entrega diciéndole:

—Para protegerte.

Miguel agrega:

—Mariana, quiero que tengas esto.

Mientras coloca en su mano derecha el Santo Rosario junto con el Cristo que tiene incorporado.

Mariana con una sonrisa dice:

—Es hermoso.

Miguel: El broche de la cruz tiene una oración llamada: "San Miguel Arcángel, defiéndenos en la batalla", cuando la reces anuncia una señal, si hay un problema y estamos separados, apriétalo y sabré que me necesitas.

Mariana asiente con la cabeza mientras Miguel sale de la habitación y cierra la puerta. Ella se queda mirando la Biblia y el Santo Rosario y lo empuña en su mano.

Se puede ver a Miguel, todo un Arcángel, caminando como cualquiera más de nosotros, voltea a mirar hacia atrás y continúa alejándose del hogar de paso, transita por la acera entre la gente, bajo un cielo nublado con un sol ocultándose poco a poco entre el nubarrón.

Mariana ya se ha duchado, estando envuelta en una bata limpia que encontró en el baño, se halla hablando por teléfono con Pedro diciéndole:

—Papá te llamé para que no estés preocupado, pero no puedo decirte donde estoy, no voy a decírtelo.

Pedro: Hija, sabes que me preocupo por ti y quiero que estés bien, me dices que te ocultas como una fugitiva. No me gusta que estés alejada y quién sabe dónde y con quien y no quieres decirme qué te sucede.

Mariana: Sé que te preocupas papá, pero esta vez necesito que confíes en mí y en cuanto pueda me volveré a comunicar.

Mientras hablan se puede ver la puerta de la entrada de la casa de Pedro como si hubiera sido perforada con muchos hoyos. También los muebles que están como los demás enseres patas arriba y todo destrozado, en un rastro de estragos hasta llegar a Pedro que está hablando por el teléfono con Mariana quien le dice:

—Lamento no poder decir nada en este momento, en cuanto pueda me estaré comunicando de nuevo, te quiero papá.

En ese momento se puede ver que Daemon tiene su mano tras la cabeza de Pedro quien hace que continúe hablando diciendo pausadamente:

—Te quiero cariño, cuídate mucho.

Una vez Pedro cuelga el teléfono Daemon suelta su cadáver y lo deja caer como si fuera un muñeco de ventrílocuo, yace muerto, asesinado por el †demonio†.

Mariana del otro lado de la línea expresa en su rostro extrañeza con la actitud de su padre, pero no le presta atención y cuelga el teléfono.

Daemon toma del identificador de llamadas del teléfono el número desde el cual Mariana llamó. Luego busca en el celular de Isabel dicho número a través de internet en Sys para determinar donde se encuentra ubicada.

Antes de irse, Daemon completa el ritual de sacrificio del padre de Mariana, Pedro fue crucificado de cabeza en una cruz en forma de "X" en la pared de la sala.

16969

Mariana se termina de vestir y después de un rato, llega Miguel Ángel con unas bolsas de la tienda que coloca sobre una mesa. Abre una de ellas para sacar los elementos y colocarlos sobre ella, Mariana observa los artículos, entre los cuales se cuentan algunas cajas, toma con sus manos uno de ellos mientras pregunta:

—¿Qué compraste?,

Miguel está ocupado detrás de ella organizando algunas de las cosas, Mariana dice en voz alta y sonriendo, mientras continúa tomando algunos de los artículos:

—Velas, fósforos, aceite, agua, lámparas, flores e incienso.

Mariana: ¿Y de cenar?

Miguel: Oración

Mariana con una sonrisa responde: ¡Suena delicioso! ¿Qué son?

Miguel: Ofrendas para una ceremonia, el espíritu necesita energía y apaciguarse.

Mariana: ¿Tú comes?

Miguel: Soy más espíritu que carne, más energía que materia, mi alimento es la palabra de Dios.

María: ¿Rezas a diario?

Miguel Ángel: Rezo todo el tiempo con disciplina, temor y temblor. «Está escrito: No sólo de pan vive el hombre, sino de toda palabra que sale de la boca de Dios.»» Mateo, 4:4

Mariana: ¿Y en qué consiste todo esto?

Miguel: Vamos a aplicar el sacramento de la extremaunción.
Mariana: ¿Pero eso no se aplica solo a los enfermos?

Miguel: También a aquellos en peligro de muerte.

Mariana gira su cabeza de lado viendo a Miguel, quien continúa organizando los artículos.

En otro lugar, en medio de la noche, a la mitad de una avenida iluminada solo por los postes de la calle, hay algunos almacenes comerciales aun abiertos.

De entre las entrañas de la oscuridad, se distingue una sombra que ondula levitando sobre el piso de la calle a gran velocidad, al principio parece un vehículo, pero a medida que se acerca se puede afirmar que es un ser siniestro.

Daemon ha recibido dones de su líder †Satanás†, las moscas adheridas a su cuerpo como un exoesqueleto, además de brindarle fuerza, le permiten desplazarse con cierta velocidad en el aire, se dirige con el cuerpo flotando en forma de diagonal, con su cabeza hacia adelante y sus piernas hacia atrás, los brazos semi flexionados hacia el frente y el empeine de los pies extendidos casi a ras del suelo, pero sin siquiera tocarlo. Es una visión infernal, como si se tratara de la mismísima parca desplazándose sobre la calle, siguiendo la vía en línea recta con un discreto zigzag de puntos extendidos casi imperceptible, mientras su túnica ondea al pasar junto con su sombra que lo sigue.

En una patrulla de la policía militar que hace reten en dicho camino de la ciudad, se enciende el sensor de medición de velocidad, el cual hace un ruido de aviso que a cada momento se hace más frecuente. El soldado revisa el sensor el cual muestra en su pantalla un vehículo no identificado que se aproxima a 90 km por hora. El soldado observa a su alrededor, pero no puede ver nada que se acerca, cuando de repente, cruza velozmente Daemon que flota, a la vez su silueta parpadea como haciéndose invisible de manera intermitente. El soldado queda pasmado ante tal aparición. Un ruido perturbador similar a un grito de agonía, es hecho a su paso a gran agilidad atravesando el retén sin detenerse.

En el hogar de paso, en el interior de la habitación, alrededor del cuarto hay velas encendidas y los otros elementos, las flores están puestas en jarrones con agua, las lámparas ubicadas minuciosamente, el incienso está también encendido y su aroma cubre toda la habitación, todo preparado para realizar la ceremonia de oración.

Miguel le explica a Mariana:

—Debemos fortalecer el espíritu, tu fe te permitirá vencer el mal y para ello haremos una ceremonia de oración a nuestro Señor, colócate de rodillas y cierra tus ojos, sitúa las palmas de tus manos juntas una frente a otra.

Miguel toma el aceite e inicia persignando la frente de Mariana pronunciando:

—Por la señal de la Santa Cruz, de nuestros enemigos, líbranos Señor Dios nuestro, en nombre del Padre, del Hijo y del Espíritu Santo, Amen.

Y a continuación él dice:

—Nos es concedida una gracia especial y eficaz para fortalecerlo y reconfortarlo en nuestra travesía y prepararnos para el encuentro con Dios.

Luego él se coloca de rodillas diciendo, repite conmigo:

—"Padre nuestro que estás en los cielos, santificado sea tu nombre, venga a nosotros tu reino, hágase tu voluntad en la tierra como en el cielo, danos hoy nuestro pan de cada día, perdona nuestras ofensas como perdonamos a quienes nos ofenden, no nos dejes caer en tentación y líbranos del mal, amen."

Y le vino un sudor como de gotas de sangre que chorreaba hasta el suelo. Levantándose de la oración, Miguel se sienta en el piso, cruza las piernas, colocando un pie cerca de la cara interna del muslo y luego el otro pie cerca del tobillo para que ambos talones estén casi en su línea media. Descansa las manos sobre el regazo con las palmas hacia arriba. Pulsa los huesos de la cadera hacia abajo en el suelo y llegar a la coronilla de la cabeza hacia arriba para alargar la columna vertebral. Con los hombros hacia abajo y atrás, empuja el pecho hacia el frente. Relaja la cara, la mandíbula, y el vientre. Deja que la lengua descanse en el techo de la boca, justo detrás de los dientes frontales. Respira profundamente por la nariz hasta el estómago.

Mariana hace lo mismo siguiendo su ejemplo, ambos están sentados cruzando las piernas en el suelo con la espalda recta respetando la alineación natural de la columna. Uno frente al otro, Miguel abre la Biblia y le dice:

—No creer en Dios es el fundamento de todos los demás pecados. La incredulidad encierra a toda la humanidad. Por el engaño del padre de la mentira el mundo ha venido a ser el hogar de toda forma de incredulidad. Actualmente han surgido muchos tipos de incrédulos para ayudar al †diablo† a robar la fe de los hombres y destruir la obra de Dios en el corazón humano.

Mariana: Siento mucho miedo de todo lo que profetizas, no estoy preparada para todo esto.

Miguel: Tu fe te fortalece, los Ángeles de Dios, somos prácticamente invulnerables por nuestra fe, no podemos ser destruidos más que por nuestro Señor. Su inconmensurable amor nos cuida y protege en todos nuestros caminos. El Señor nos dice:

—Aunque andes en valle de sombra de muerte no temerás mal alguno porque yo estaré contigo.

Miguel agrega:

—No confíes en ningún hombre, la naturaleza del ser humano no es confiable, cuando tengas dudas solo consulta la palabra de Dios y ríndete ante ella.

Mariana recibe de sus manos la Biblia y la observa abierta en el Salmo 91, tal cual como él se la entrega.

Miguel: Así tu fe es un escudo que te protegerá de la maldad y las tentaciones. Te pido que hagas el siguiente mantra a partir de hoy y hazlo siempre antes de irte a dormir, mientras lo repites escucha los latidos de tu corazón. Miguel empieza a repetir serenamente el Salmo 91 Morando bajo la sombra del Omnipotente:

"El que habita al abrigo del Altísimo morará bajo la sombra del omnipotente, diré yo al Señor, esperan-

za mía y castillo mío, mi Dios en quien confiaré. Él
te librará del cazador, de la peste destructora, con sus

plumas te cubrirá y bajo sus alas estarás seguro, escudo
y adarga es su verdad, no temerás el terror nocturno,
ni saeta que vuele de día, ni pestilencia que ande en
oscuridad, ni mortandad que en medio del día destruya,
caerán a tu lado mil y diez mil a tu diestra pero a ti nada
te pasará, con tus ojos mirarás y verás la recompensa
de los impíos, porque has puesto a Dios que es mi esperanza, al altísimo por tu habitación, no te sobrevendrá mal ni plaga Tocará tu morada pues sus Ángeles
mandará cerca de ti que te guarden en todos tus caminos, en las manos te llevarán para que tu pie no tropiece
en piedra, sobre el León y el Áspid Pisarás, hollarás al
cachorro del León y el Dragón, por cuanto en mi ha
puesto su amor yo tambíen lo libraré, le pondré en alto
por cuanto ha conocido mi nombre, me invocará y yo le
responderé, con él estaré yo en la angustia, lo libraré y
le glorificaré, lo saciaré de larga vida y le mostraré mi
salvación" Amen.

Miguel: Extrema-Unción recibida espiritualmente para purificarte de las reliquias del pecado, y darte
robustez y fuerzas para resistir a todas las legiones del
infierno.

La eficacia de la sangre de Nuestro Señor Jesucristo recibiendo también espiritualmente En el nombre
del Padre, santiguándose y del Hijo, y del Espíritu-
Santo, apáguese en mí toda la virtud del Diablo por la
imposición de las manos del Sacerdote, y por la invocación   de   todos   los   Santos.   Amen.

Salva Dios mío a tu siervo, que solo espera en tí. Envíame Señor tu santo auxilio, y desde tu gloria defiéndeme. Sed vos mismo, Señor, mi torre de fortaleza contra los asaltos del enemigo. No prevalezca el Dragón contra mí, ni pueda dañarme el hijo de la iniquidad. Oye Señor mi oración, y no deseches mi clamor. Mira Señor con clemencia a este humilde siervo tuyo, y consuela el alma que tú has criado, para que purificada, con los castigos consiga los eternos consuelos por los méritos de Cristo Señor nuestro.

Amén.

Mariana hace lo mismo y una clase de capa protectora los cubre, es su aura que se torna color azul índigo hasta brillar por completo toda la habitación.

Un rato después de finalizada la ceremonia de oración, Miguel y Mariana se preparan para irse, él toma su abrigo y ella guarda la Biblia y el Santo Rosario en su chaqueta, al salir de aquel lugar atraviesan un largo corredor y pasan a despedirse de su anfitrión, Lucas, dándole los agradecimientos por hospedarlos.

Daemon ya se encuentra a las afueras del hogar de paso, avanza poco a poco observándolo todo, un gato negro lo mira y se eriza maullando para después huir corriendo de allí.

Mariana y Miguel caminan juntos a través del corredor hacia la salida, sonriendo el uno con el otro,

llegan casi hasta la puerta, cuando Miguel en silencio
detiene a Mariana, se escuchan los chillidos del gato,

18080

ambos miran hacia afuera sin ver a nadie, sin embargo, Miguel siente un olor muy fuerte y dice:

—Azufre.

Daemon continua su avance pasando por el parqueadero que se encuentra previo a la entrada del hogar de paso, un hombre que se dispone a subirse a su motocicleta lo ve y del susto y la impresión deja caer las llaves del vehículo al suelo, quedando paralizado sobre éste.

En ese momento Daemon sigue de largo, llega hasta el ingreso del hogar de paso, la rompe de una patada y con sus moscas ataca la puerta de entrada y el pasillo de aquel lugar, dejando hoyos a cada lado de las paredes.

Miguel y Mariana salieron por una ventana, corren y toman la vieja camioneta, se suben por la misma puerta del vehículo quedando Miguel al volante.

Daemon entra al hogar de paso revisando en el interior, se percata que están escapando sale de inmediato, cuando se asoma fuera del refugio, es embestido de frente por Miguel con la camioneta, golpeándolo tan fuerte que lo tira a un lado del suelo contra una de las paredes. Miguel arranca de nuevo y sigue de largo huyendo de allí.

Daemon se reincorpora y dado que le han tomado distancia y se encuentra violentamente golpeado, observa que el sujeto que minutos antes lo había visto pasar está tratando de encender su motocicleta marca Yamaha R6, de color roja con negro, Daemon sin pensarlo lo derriba de la moto de un empujón con una de sus garras, para luego subirse, la enciende e inicia la persecución de Miguel y Mariana, teniendo claro que es su última oportunidad y esta vez no puede permitirles huir, ni salir ilesos, porque su tiempo se agota.

Miguel continúa conduciendo a alta velocidad, observa por el espejo retrovisor y puede ver la sombra de Daemon a lo lejos que se acerca cada vez más, Mariana voltea su cabeza para observar lo que sucede y se nota con mirada de angustia, mira a Miguel quien acelera más pasando una tractomulá, sin embargo Daemon hace lo propio yendo a más velocidad, alza su brazo izquierdo de manera vertical, luego lo extiende de manera horizontal, lo apunta señalando a la camioneta y de inmediato las moscas se desprenden de él formando una saeta que se lanza hasta la 4x4 y perfora la parte de atrás.

Miguel reacciona moviendo el vehículo hacia la izquierda tratando de adelantar un camión cisterna en la carretera para evadir el ataque, de inmediato Mariana saca de su bolsa la Santa Biblia y el Santo Rosario y se las enseña, Miguel al ver esto se sorprende, la mira y le dice:

Oremos, Dios te salve María llena eres de gracia el Señor es contigo bendita tu eres entre todas las mujeres y bendito es el fruto de tu vientre Jesús.

18383

En ese momento las cuentas del Santo Rosario brillan con una luz propia, color azul índigo, sobre las manos de Mariana.

Miguel le dice a Mariana: ¡Toma una de las cuentas y lánzala!

Mariana toma una de las cuentas del Santo Rosario sobre la palma de su mano derecha, mira a Miguel y le dice:

—No sé cómo hacerlo.

Miguel: Ten fe en el Señor, Él confía en ti, cree en ti misma y en lo que puedes hacer.

Los ataques de las moscas se agudizan golpeando cada vez más fuerte la camioneta y haciéndole perforaciones mientras Miguel trata de mantenerse en el camino.

Mariana mira nuevamente la cuenta del Santo Rosario sobre su mano derecha, la observa detenidamente, cierra sus ojos y susurra una oración:

"Padre nuestro por favor ayúdanos, no nos abandones".

Casi de inmediato la cuenta se ilumina de un color azul índigo y se levanta flotando sobre su mano.

Mariana: ¿Ahora qué hago?

Miguel: Dirígela, indícale donde debe ir usando tu mente, tu corazón y tu alma.

Mariana se voltea hacia atrás viendo a Daemon, mira nuevamente la cuenta brillante en su mano y pronuncia:

—Ve

De manera inminente la cuenta sale disparada como una bala de luz, sin embargo, al tratar de penetrar la coraza de las moscas que protegen a Daemon, es desviada estallando contra el asfalto, haciéndole un hoyo al pavimento.

Miguel que observó todo desde los espejos retrovisores acelera más y le dice:

—Trata de nuevo.

Nuevamente la camioneta es impactada por las moscas.

Mariana estando todavía mirando hacia atrás, toma otra cuenta del Santo Rosario, sigue el mismo procedimiento, la coloca sobre la palma de su mano derecha, la observa y la cuenta se ilumina de un color azul índigo, esta se levanta flotando sobre su mano, ahora con la mirada le señala a la cuenta su objetivo y esta sale disparada hacia Daemon, la coraza de moscas de nuevo hace rebotar la cuenta impactando una de las paredes del deprimido de la calle, dejándole un hueco más marcado que el anterior.

Daemon arrecia el ataque de las moscas y las envía de nuevo, ahora golpeando y perforando la cabina de la camioneta, por lo que Mariana y Miguel tienen que agacharse.

Mariana entra en desespero y dice:

—No puedo hacerlo, no soy capaz de controlarla

Miguel que conduce a gran velocidad rebasando camiones, furgones, mezcladoras y a cuanto vehículo encuentra en el camino la mira y le dice:

—Coloca la cuenta en tu mano, hagámoslo juntos.

Mariana toma otra cuenta sobre su mano, ambos la observan por un momento, Miguel posa su mano derecha sobre la mano de Mariana que sostiene la cuenta, la que se empieza a iluminar.

Daemon ha acelerado la motocicleta y se ha acercado rápidamente a la camioneta hasta el punto de alcanzarla, prepara un nuevo ataque de las moscas, Miguel y Mariana envían la cuenta hacia Daemon y éste a su vez envía un ataque feroz de los insectos hacia ellos.

La cuenta luminosa crea una especie de escudo para protegerlos de las moscas, logrando atravesarlas, por su parte algunos de los insectos de cuerpo negro consiguen evitar la cuenta y seguir de frente. La cuenta impacta la rueda delantera de la motocicleta conducida por Daemon, la cual se detiene haciendo levantar la parte de atrás de la Yamaha R6 expulsando al †demonio†.

Casi que de manera simultánea las moscas impactan de una forma tan brutal el lado del conductor de la camioneta que la desestabiliza, el vehículo a su vez se golpea contra la baranda, reventándose el cardan de la 4x4 lo que la hace voltearse y desplazarse un poco de lado, quedando sobre la carretera.

Miguel y Mariana tienen contusiones, él abre los ojos de a poco luego del impacto y trata de ubicarse donde están.

Daemon al caer al piso se acomoda como en posición fetal para amortiguar el impacto, similar a una esfera, dando giros hasta detenerse y ponerse de pie con las piernas extendidas, el brazo izquierdo sosteniéndolo sobre el asfalto y su cabeza con la capucha descubierta, se le puede ver su rostro transformado y su ojo de †demonio†, como el de un carnero.

Miguel observa a su alrededor y puede ver que Mariana ha perdido el conocimiento, ella aún sostiene el Santo Rosario. Él la despierta tomando sus manos y diciéndole:

—Mariana despierta

Ella poco a poco toma conciencia y también mira a su alrededor, ambos pueden observar a Daemon a través del parabrisas, quien se pone erguido sobre la autopista, empieza a caminar en la dirección de Mariana y en ese preciso momento una luz lo ilumina, él voltea a ver a su izquierda, se trata de un camión que por la oscuridad y la velocidad que lleva el conductor no alcanza a frenar y lo embiste. El camión es un mezclador de cemento, derrapa sobre la carretera mientras el conductor trata de controlar el vehículo.

Muchas de las moscas quedan aplastadas en el capó y parabrisas del camión, entretanto el conductor está escuchando a muy alto volumen la canción "AC/DC Highway to hell":[9]

"No stop signs, speed limit
Nobody's gonna slow me down
Like a wheel, gonna spin it
Nobody's gonna mess me round
Hey †Satan†, paid my dues
Playing in a rocking band
Hey Momma, look at me
I'm on my way to the promised land

I'm on the highway to hell
(Don't stop me)"

Que traduce:

---

9 "AC/DC Highway to hell":
Autores: Angus Young, Malcolm Young, Bon Scott
Firma discográfica: Atlantic Records

Año de publicación: 1979

18989

Año de publicación: 1979

"Sin señales de pare, sin límite de velocidad.
Nadie va a frenarme,
como una rueda, voy a rodar.
Nadie va a jugar conmigo.
Hey †Satán†, pagué mis deudas
tocando en una banda de Rock.
Hey mamá, mírame,
Voy de camino a la tierra prometida.

Estoy en la autopista al infierno,
No me detengas."

Daemon luego de haber sido embestido por el camión, se encuentra aferrándose con sus garras bajo el parachoques de este vehículo casi a punto de ser succionado por las ruedas.

El conductor del camión mezclador a través del cristal de la ventana del pasajero ve caer grandes relámpagos y algunos rayos, aunados al pavoroso sonido de los truenos, en conjunto componen el intenso contexto que hace temblar a este hombre del espanto, quien se acomoda la gorra diciendo:

—¡Ay Dios mío!

El conductor trata de mantener su vista al frente del camión mezclador, pero por más que utiliza el limpia brisas, este no quita el pus dejado por las moscas. Él ni siquiera se ha percatado que lleva en su parachoques a   Daemon   como   polizón.

El †demonio† con sus garras se sostiene del parachoques bajo el camión, empieza a extender su brazo izquierdo hacia el frente mientras su cuerpo es arrastrado por el asfalto, logra extender su brazo derecho y poco a poco sube por el frente del camión mientras este continua en movimiento, Daemon llega hasta el capó del vehículo, arrodillado allí se mira de frente con el conductor a través del parabrisas, el hombre en pánico abre sus ojos con expresión de horror, Daemon de inmediato mete su garra izquierda a través del cristal rompiéndolo y acto seguido le arranca la cara, quien muere de inmediato mientras el camión continua avanzando. Daemon ingresa por el parabrisas y tira del camión el cuerpo del conductor mientras dice con tono burlón:

—Yo quiero conducir.

De inmediato, en medio de la autopista, le da vuelta al camión mezclador de cemento para tomar el carril de regreso hacia Mariana y Miguel.

Otro camión cargado de éter de etilo, un líquido altamente inflamable, pasa por el carril del lado del camión mezclador, el chofer del carro tanque ve a Daemon y su imagen †demoniaca†, y se asusta de tal manera que mueve el volante de vehículo haciendo un giro que golpea otro camión con una carga de ácido muriático y este a su vez por el lado opuesto al camión mezclador, el cual va conduciendo Daemon y lo hace salir de la carretera, que viene a alta velocidad por lo que embiste un auto llevándoselo de frente.

1992

Mientras observan todo lo que sucede Miguel le dice a Mariana:

—Debemos salir de aquí

Debido a que Daemon frena por la velocidad que trae el vehículo, las ruedas del camión mezclador derrapan y golpean fuertemente el camión subyacente de éter rompiéndole el tanque, lo que hace que se derrame el líquido casi que de inmediato.

El impacto entre los automotores saca del camino al camión mezclador de cemento conducido por Daemon, volcándose y lo envía de golpe contra un camión agrícola que se detuvo a ayudar en el accidente.

Mariana y Miguel luchan por salir de la camioneta accidentada mientras ven todo lo que sucede.

Con el rostro y la cabeza descubiertas, con peladuras ensangrentadas, Daemon, sale del camión mezclador, se levanta muy golpeado y rengueando. Tiene sus vestiduras rasgadas y su piel humana pelada, dejando entrever partes de un ser tenebroso, un ser grotesco, espeluznante, lleno de maldad, con estrías en brazos y piernas, parte de su cara esta ensangrentada, en carne viva, pero a pesar de su forro de piel humana, se puede notar su verdadero ser, el cuero de un carnero pálido yace bajo esta.

Cerca de allí hay un camión de estacas, cuyo conductor se detuvo para ver lo que sucedía. Una vez

Daemon está de pie, con una de sus garras rompe las estacas del camión y de allí extrae una guadaña compuesta por una cuchilla curva y un palo de madera, en el cual ésta se encuentra ensartada, la toma con su mano izquierda usándola como bordón y avanza hacia Miguel y Mariana, quienes a su vez salen huyendo lo más rápido posible de la camioneta volcada y corren de aquel lugar.

Los camiones después de la colisión y de derrapar están detenidos. El tanque de Éter aún tiene la fisura, por lo que está derramando el líquido inflamable.

El conductor del camión de Éter que lo embistió se baja preocupado y asustado por el accidente, se acerca a Daemon quien está de espaldas, y le pregunta:

—¿Se encuentra bien?

Daemon se gira para mirarlo, el conductor apenas ve el rostro de Daemon hace una mueca de horror, Daemon en un acto de ira, levanta la guadaña con su brazo izquierdo, realiza un giro hacia su derecha y la entierra con un golpe seco en el pecho de aquel sujeto, quedando este levantado del piso a la altura de la vara, atravesado por la cuchilla curva, mientras continúa agonizando y sangrando.

La gente de los vehículos alrededor, al ver esto, dejan abandonados sus autos en la autopista y huyen del lugar, corriendo a través de los matorrales.

Daemon toma la guadaña de la que sostiene el cuerpo del hombre muerto colgando de ésta y la baja acercando de frente el rostro del moribundo al suyo, observa detenidamente su cara por unos segundos a la par que inclina su cabeza de lado, luego con una fuerza descomunal saca la guadaña del cuerpo del hombre, el cual de inmediato cae muerto en medio de la calle.

El avieso continúa caminando, aun rengueando apoyado en el palo de madera de la guadaña, para seguir a Miguel y Mariana.

Ellos siguen corriendo para alejarse, cruzan la autopista, sin embargo, Miguel está herido en un costado y no puede caminar bien, ambos se apoyan para andar, hasta que él le dice:

—Corre Mariana, huye de aquí

Mariana: Por favor no, sigue conmigo.

Miguel: Vete ahora

Ella sin tener más opción, obedece y corre lejos de allí.

Daemon al darse cuenta de que no podrá alcanzarla por su limitación física, decide alzar la guadaña con su brazo izquierdo y lanzarla hacia Mariana. La herramienta viaja dando giros cortando el aire tras ella.

Mariana corre como nunca en su vida sin mirar atrás y la guadaña pasa dando giros a gran velocidad rosándola en un brazo y se clava en una pared de una edificación.

Ella cae al suelo lastimada, sosteniendo la herida en su antebrazo. Miguel al ver esto, alza sus ojos al cielo y grita:

—Señor, imploro tu misericordia.

De inmediato él da un golpe con el puño sobre el asfalto haciendo que haya un temblor de tierra de tal magnitud que el pavimento de la autopista se abra, los postes de energía empiezan a caerse y las redes eléctricas colapsan, rompiéndose los cables de electricidad, cayendo chispeantes sobre la carretera.

Después de esto la fisura del carrotanque se amplía haciendo que el Éter se derrame a borbotones por la carretera, cubriendo hasta las pantorrillas de las piernas de Daemon, quedando impregnado de Éter, el †demonio† mira hacia el suelo, observa sus piernas, levanta la mirada manteniéndola hacia el frente y continúa avanzando.

Este líquido inflamable ha hecho un largo camino, sobre el cual, con el caer de las chispas eléctricas, se enciende en llamas creando una ruta de flamas que atraviesan la autopista.

Daemon es alcanzado por las brasas que rápidamente lo envuelven haciendo combustión con su ropa

19797

Daemon es alcanzado por las brasas que rápidamente lo envuelven haciendo combustión con su ropa

y su piel. El fuego aparenta que se ensañara con su ser porque pareciese que lo devoraran.

Miguel grita: ¡Mariana protégete!

Mariana corre y se oculta tras el desnivel de la vía. Lo propio hace Miguel que se protege colocándose en una de las cunetas de la autopista.

Se escuchan los lamentos y gritos desgarradores de dolor de Daemon. Mientras tanto el tanque de Éter es alcanzado por el fuego y explota derribando contra el suelo al †demonio†. El estallido crea una burbuja de fuego arrasadora y envolvente en todo a su radio, quemando una parte del bosque y los camiones sobre la carretera.

Daemon se derriba en el pavimento aun impregnado por el líquido inflamable y es consumido por las llamas hasta que llega un momento que deja de luchar y queda apostado sobre la vía bocabajo, en medio de los escombros, chatarra, destrucción, el fuego del pavimento y las descargas eléctricas.

El incendio envuelve a Daemon, el resto de sus moscas que vuelan alrededor están encendidas en llamas, similar a luciérnagas en la noche, formando un espectáculo de luces en el aire.

Un grito de agonía se escucha que dice con una voz gutural:

—Salve †Satán†

Para luego quedarse todo en un silencio casi sepulcral, dejando paso solo al sonido de las latas y la carne quemándose, sumado a algunas descargas eléctricas y chispas que aun saltan de los cables adherido a los relámpagos y truenos.

Miguel sale de la cuneta en busca de Mariana, camina ese paisaje de brasas y destrucción que ha quedado. Pasa entre las llamas de fuego gigantes y también a través de grandes descargas eléctricas, sin ser siquiera lastimado por ellas. Él puede ver a Daemon como es retorcido por las llamaradas y finalmente se queda inmóvil sobre el pavimento.

Miguel continúa caminando y da un grito diciendo:

—¡Mariana!

Y atravesando el humo, aparece ella que grita con la voz entrecortada:

—¡Miguel!

Ambos heridos y agotados se abrazan.

Miguel: ¿Estas bien?

Mariana: Sí, solo fue un roce.

Ella hace una sentadilla sobre la calle mientras paralelamente revisa a Miguel y le pregunta:

—¿Y tú como estas?

Miguel: Viviré

Mariana: Lo vencimos, por Dios Miguel, lo destruimos.

Ellos sonríen y por un momento hay júbilo y tranquilidad, todo es calma.

Miguel la mira fijamente, no obstante en ese momento se escucha un ruido perturbador, un grito agudo, de entre los fierros retorcidos y la altas brasas, en medio de las bombas de humo, del piso se levanta una figura que espeluzna, una silueta delgada y alargada, piernas que guardan la proporción con su cuerpo cadavérico, donde los pies terminan en pequeñas pezuñas, por manos tiene garras largas afiladas, en su pecho las costillas marcadas, una piel entremezclada grisácea oscura con marcas rojizas, pareciesen tatuajes hechos como con herrado caliente, con signos de la bestia, su espalda con vertebras que sobresalen de su columna, su cara la de un monstruo, un carnero cadavérico y pálido, con colmillos afilados, la dentadura son pinzas o palas similares a los de este mamífero artiodáctilo, como también sus ojos, de frente convexa, cuernos huecos, angulosos, robustos, pequeños, ajustados a la cabeza, estriados transversalmente y arrollados en espiral, de color gris, que le sobresalen desde parte de la frente.

El verdadero ser de †Belcebú† se ha manifestado, el que fue enviado desde las profundidades del abismo.

Mueve sus malignos ojos de lado a lado observando a Miguel y a Mariana.

Miguel le extiende la mano a Mariana y le dice:

—Debemos irnos

Mariana grita entre lágrimas: Por Dios, ¡No!

Mariana apoyada en Miguel se levanta del piso lo más rápido que puede y ambos corren huyendo de aquel lugar, cruzan la autopista y se acercan hasta una edificación de una empresa comercial privada.

Daemon los sigue a paso lento, rengueando un poco, quita de su camino con su brazo izquierdo cables aun centelleantes, con su otro brazo retira un fierro que le estorba y avanza entre las llamas sin perderles de vista.

Mariana: Está cerrado, ¿Ahora qué hacemos?

Miguel de inmediato extiende su brazo derecho y levanta su mano frente a la puerta de entrada a la edificación, pronuncia susurrando una oración al Señor Dios y de inmediato asiente un golpe contra el portón que abre la cerradura lo que permite que ellos ingresen.

Tras ellos de inmediato las puertas se cierran sin seguro, pero son seguidos de cerca por Daemon, quien las derriba destrozándolas después de golpearlas con sus							garras.

Una vez dentro, al observar con detenimiento aquel lugar, se dan cuenta que se trata de un matadero, donde se hacen los sacrificios de los animales, el ganado para el consumo humano, estos lugares también son conocidos como plantas de beneficio.

Miguel y Mariana corren a lo largo de un pasillo de oficinas, él trata de ingresar en algunas de las puertas, pero todas tienen las cerraduras con llave. Ellos cruzan la sala de máquinas. Son seguidos a distancia por Daemon.

Ellos continúan corriendo, atraviesan los corredores y pasando por el laboratorio, siguen derecho por la oficina del veterinario, hasta que llegan a la puerta del área de preparación de la carne que se encuentra abierta. Ingresan y dicha puerta es cerrada por Miguel para retrasar el acceso de Daemon.

Daemon ingresa a la sala de máquinas y enciende la operación del matadero, escuchándose un ruido tenebroso y espeluznante, se oye a lo lejos una risa horrorosa que no proviene de Daemon, dicho ruido crea espanto y eriza de solo escucharlo.

Una vez adentro, Miguel y Mariana se dan cuenta que es una planta de beneficio automatizada, todo se encuentra apagado, incluso solo hay unas pocas luces que iluminan a la misma, sin embargo, de un momento a otro toda la maquinaria se enciende, el ganado se despierta y es ingresado por el acceso de atronamiento de cabezas.

Daemon continúa su ingreso al interior de la planta y golpea ferozmente la puerta de ingreso al área de preparación de la carne. De otro lado, en ese momento Mariana cae arrodillada al suelo y le dice a Miguel:

—No puedo seguir
Miguel: Soldado de Cristo, debes ser fuerte, ¡Vamos!

Daemon continúa golpeando con una fuerza descomunal la puerta.

Miguel le dice:

—¡Levántate y anda!

Él usando su fuerza reanima a Mariana del piso donde yace tirada y la eleva apoyado de sus brazos colocándola de pie nuevamente, ella se sostiene sobre un hombro de Miguel y corren de allí agachados a través del almacén frio para bovinos.

Daemon finalmente golpea tan fuerte la reja que hace ceder la cerradura, mete su garra y la destraba, acto seguido abre la reja y la retira de su camino e ingresa al lugar. Una vez adentro, se dirige en busca de Mariana con el único objetivo de arrancarle el alma.

Ella sintiéndose muy débil trata de seguirle el paso a Miguel, quien también se encuentra herido, caminan entre la operación mecanizada del Matadero.

Daemon aun andando con dificultad los sigue, esos ojos siniestros de carnero se ven cómo brillan en la oscuridad y acechan todo el lugar de lado a lado. Él puede observar cómo el ganado ingresa caminando asustado y es sacrificado por una pistola robotizada que les atronó la cabeza. Ya muertas las reses pasan por el carril de desangrado, transportadas por la sala de calderas hasta llegar al área de preparación de carnes. Daemon continúa rengueando buscando localizar a Mariana.

Mariana y Miguel huyen agachados y pueden ver el principio del proceso de sacrificio del ganado cruzando alrededor del depósito de sangre. En el rostro de Mariana se nota su desconcierto y horror por tal situación a tal punto que se tapa la boca con su mano, mientras se sostiene del hombro de Miguel.

Las reses pasan colgadas de ganchos y partes mecanizadas y autónomas van procesando la carne a medida que va siendo llevada por la línea de producción.

Daemon sigue inspeccionando el lugar de lado a lado, buscando en ángulo de 180 grados a Mariana, tratando de encontrarla.

Miguel saca de su abrigo el Santo Rosario mientras Mariana agarrada del hombro de él corre un poco adelante buscando la salida, llegan al área llamada separación de las vísceras y limpieza de los intestinos. No obstante, se encuentran con que el área está cerrada, siendo éste un callejón sin salida, cuando se dan cuenta ellos tratan de devolverse lo más rápido que pueden, pero es tarde, se hallan de frente con Daemon que les ha dado alcance, viene cojeando hacia ellos, al verlos se le abren sus malignos ojos y continúa su avance para acorralarlos.

Miguel coloca tras él a Mariana mientras retroceden bajando unas escaleras que llevan a la sala de calderas. Son seguidos de cerca silenciosamente por Daemon quien posa sus pezuñas en cada escalón.

Miguel grita: ¡Huye Mariana!

Ella se queda mirando a Miguel desconsolada, presiente que algo muy malo puede suceder.

Mariana: No te dejaré.

Miguel le grita: ¡HUYE!

Mientras la mueve con su brazo hacia atrás para que escape a través de la escalera que sube hacia el almacén de embutidos.

Mariana mira fijamente a Miguel. Daemon gira su cabeza clavando sus ojos en Mariana, mientras Miguel se voltea a mirarla de nuevo y le grita con voz firme:

—¡VETE!

Daemon continúa andando en dirección a Miguel, él es el único obstáculo que le queda en el camino para alcanzar a Mariana.

Miguel coloca sobre la palma de su mano derecha todo el Santo Rosario y empieza a rezar el Padre Nuestro. Daemon se le va aproximando y Miguel le grita:

—Acércate, †demonio†, ¡Vamos!

†Belcebú† se abalanza sobre Miguel para atacarlo con sus garras lanzándole un zarpazo, el cual no tiene efectividad. Miguel de inmediato con su mano derecha, en la cual tiene agarrado el Santo Rosario, la levanta y sosteniéndola de las cuentas golpea a †Belcebú† en la cara con la cruz, este se resiente y gira el rostro hacia un lado.

Miguel realiza la misma acción mientras continúa rezando, levanta el Santo Rosario y golpea de nuevo hacia el otro lado del rostro a Daemon, haciendo que gire su cara en dirección al lado opuesto y así una y otra vez más, hasta que Daemon levanta su brazo izquierdo y golpea en la cara a Miguel lastimándolo, le rompe una ceja, haciéndole sangrar y caer al suelo.

Daemon se acerca lentamente a Miguel, quien se levanta del piso como puede, coloca sus manos hacia el frente en posición de ofrenda, concentra toda su energía, su aura que es de un color índigo, hermosa, de tanta calidez y paz, toda su silueta es iluminada, toda esta energía se concentra formando una esfera en sus manos, hasta que logra un tamaño como el de una pelota de futbol azul, de pura energía.

Mariana al ver estoy huye de allí para ocultarse.

La esfera azul continúa girando sobre su eje, suspendida al nivel que se encontraba, permanece entre Daemon y Miguel.

Daemon al ver que Mariana está escapando, trata de pasar por encima de Miguel, sin contar que él en ese momento le coloca la esfera azul de energía de frente, la cual se le abre delante iluminando todo a su alrededor, como si por un momento fuera de día.

Miguel sin dar tregua a Daemon, hace que la esfera se ubique en medio de ellos dos a nivel del pecho, se abraza al †demonio† haciendo una llave con sus brazos que amarra los brazos de Daemon y le dice:

—Regresarás a la luz del Señor.

Acto seguido ambos empiezan a levitar por encima del suelo, de la esfera se forma un rayo de luz vertical que atraviesa el lugar desde los cimientos hasta el cielo.

Ellos, atados el uno del otro, empiezan a subir hacia el cielo en un halo de luz, Mientras Daemon produce un grito de agonía horroroso.

Miguel y Daemon se miran fijamente con furia, el uno se encuentra entrelazado al otro. Miguel no le permite escapar a Daemon, continúan ascendiendo, mientras Mariana lo observa todo desde donde se oculta. Daemon se siente amenazado por la advertencia de Miguel y de un momento a otro reacciona erizando las espinas de su piel similares a las de un puercoespín.

En esta postura atraviesa a Miguel quien empieza a sangrar, Daemon mueve el cuerpo con unos temblores que hacen entrechocar las púas, de modo que producen un sonido metálico inconfundible. Miguel inclina su cabeza hacia atrás por el dolor. Las púas se rompen y al proyectarse se clavan a lo lejos en una pierna de Mariana, produciéndole una dolorosa herida que la hace gritar por la aflicción.

Miguel se reincorpora levantando su cabeza con fuerza y determinación en su mirada, observa a Daemon de frente sin soltarlo, atravesado por las púas y aun sangrando continúa rezando al Señor, por un breve momento, debido a luz, el maligno se transmuta en un ser humano hermoso lleno de brillo para luego volver a su estado actual, un ser repugnate que continua luchando por librarse, hasta que llega el momento que la esfera blanca de luz estalla entre ambos de una manera resplandeciente eliminando la oscuridad de cualquier rincón del lugar.

Es tal la magnitud de la explosión de luz que hace que Miguel y Daemon vuelen por los aires.

La luz de la esfera se disipa y regresa la oscuridad de la noche, poco después de esto también las luces del matadero regresan y por la explosión de energía, el sacrificio se detuvo.

Miguel cae cerca a Mariana, ella como puede, con mucho dolor, se arranca la púa de la pierna, luego se arrastra debido a la perforación que atraviesa su muslo, para ir hasta donde está Miguel, ella se desliza entre pedazos de carne y sangre entremezclada del ganado y Daemon.

Ella logra alcanzar a Miguel y lo encuentra boca abajo. Lo mueve para ver cómo se encuentra, él se ve muy lastimado y sangrando, tiene los ojos cerrados. Mariana lo mueve como tratando de reanimarlo, pero es inútil, ha muerto, una gran tristeza se escabulle en el rostro de Mariana que, de inmediato, suelta a llorar por el dolor emocional que la embarga.

De la nada una garra se alza tratando de llegar al rostro de Mariana que se salva del impacto porque lo recibe una de las columnas de hierro de aquel lugar, ella grita del horror, al darse cuenta de que es Daemon que ha quedado lisiado de la cintura hacia abajo, debido a la explosión perdió sus piernas. Ella está tratando de arrastrarse para huir de allí, mientras Daemon intenta atacarla de nuevo con sus zarpas.

Daemon, también arrastrándose, la sigue, mientras ella trata de moverse más rápido y el malvado insiste desesperadamente alcanzarla con sus garras, logrando rozar sus zapatos. Ella se desliza a través del carril de desangrado, toda embadurnada de sangre de ganado se resbala. Como puede se repone de inmediato para continuar, Se deja caer en un desnivel para pasar por el área de preparación de la carne de bovinos, sin embargo, aún es seguida por Daemon.

Mariana atraviesa un área llamada de extracción y desecación de la carne, sale de allí y como puede cierra una puerta de metal con seguro desde afuera. Daemon ingresa también arrastrándose a dicha área, llega a la puerta que ha sido cerrada por ella, él se sostiene en el suelo con una de sus garras mientras trata de romperla a golpes con la otra zarpa sin lograrlo, cada vez se desespera más y se pone más agresivo. Mariana en medio del asombro, la angustia y la desesperación alcanza a ver al lado de la puerta los controles del proceso de automatizado y dice:

—Señor por favor ayúdame.

Ella sin saber lo que hace empieza a tocar todos los controles como puede hasta que los hace encender, lo que inicia un triturador de carne automatizado que corresponde al área donde se encuentra Daemon y que es de considerable tamaño.

Este molino empieza a mostrar sus afilados dientes poco a poco, que se mueve rápidamente de manera giratoria en sentido de las manecillas del reloj, sus tres pares de dientes plateados se extienden manteniendo la forma circular del molino, las paredes del área se ponen más angostas encerrando aún más a Daemon entre ellas, quien

está concentrado en alcanzar a Mariana con sus garras sin
percatarse   del   molino.

Mariana trata de alejarse de la garra de Daemon, pero no puede tomar distancia por la limitación de movilidad de su pierna herida y la pared tras ella no se lo permiten.

Mariana: ¡Este es tu final, maldito!

El molino empieza a hacer un ruido como el de una turbina a toda potencia que se acelera cada vez más. Por la presión del aire que genera la maquina levanta del suelo a Daemon, los dientes del triturador se cierran aprisionándolo hasta que lo envuelven y empiezan a molerlo vivo, haciéndole, poco a poco sobre los lados, cortes con los dientes de acero brillante, como si fuera cualquier bovino.

Entre los macabros gritos y gemidos de dolor de Daemon, se siente el hedor a azufre y carne podrida, puede verse cómo ésta se desprende del cuerpo de Daemon desde los muñones, subiendo a la cadera, pasando por la espalda, hasta llegar a su cabeza de la cual es desgarrado lo que resta de su cuerpo y finalmente por la expresión en su cara Daemon ha cedido cerrando sus ojos.

Finalmente, cuando el molino termina su labor y Daemon ha sido hecho polvo casi por completo, la maquina regresa a su posición original. Mariana puede ver que Daemon ya había podido romper la puerta atravesándola con la garra izquierda, la misma con la

que trataba de alcanzarla, dicha zarpa quedó intacta,
suspendida de la puerta, al igual que su cabeza, porque

21217

no fueron alcanzadas por el triturador. Para cuando la máquina termina, solo queda de Daemon pellejo y vísceras. El mal en él había sido destruido, la encarnación de †Belcebú† fue hecha partículas.

Mariana está en shock, escucha las sirenas de las patrullas de la policía militar acercarse, cierra sus ojos y recuesta su cabeza contra la pared.

Poco después los enfermeros de la ambulancia ya han subido a Mariana a la camilla mientras ella, muy débil, ve a lo lejos como hacen el levantamiento del cuerpo de Miguel.

Ella trata de levantarse para verlo mejor, pero esta inmovilizada a la camilla, por lo que con las pocas fuerzas que le quedan trata de llamarlo diciendo:

—Miguel

Ella da un suspiro y se desmaya mientras los camilleros la suben a la ambulancia y este vehículo inicia la marcha rumbo a un hospital.

Tiempo después, en un camino llano, en medio del desierto, se puede ver un vehículo, marca Land Rover 2010 azul, que viene a velocidad constante por una carretera. Observando con detenimiento a su conductor se advierte que es Mariana quien viene al volante, usa unas gafas oscuras y ropa cómoda para lo que parece un   largo   viaje.

Está acompañada por una mascota en el asiento del pasajero, un perro pequeño de raza lobo siberiano de aspecto y rostro gentil y tierno, en la chapa de su collar se lee Laica. A su lado lleva abierta la Biblia Católica de Miguel y en su mano la sucesión de cuentas porque está rezando el Santo Rosario, los misterios luminosos, la transfiguración de Jesús, mientras conduce:

—Dios te salve María llena eres de gracia, el Señor es contigo, bendita eres entre todas las mujeres y bendito es el fruto de tu vientre Jesús. Santa María madre de Dios ruega por nosotros los pecadores ahora y en la hora de nuestra muerte. Amen.

Una vez termina de rezar, incluyendo los Salmos 91 y 23 además de la Súplica a la Reina del Santo Rosario, detiene el vehículo en el parqueadero de un restaurante de la carretera. Toma la Biblia buscando un pasaje señalado por Miguel, tratando de encontrar algo que le indique el camino a seguir y encuentra lo siguiente:

—Apocalipsis 12: Y la mujer huyó al desierto, donde tenía un lugar preparado por Dios, para ser sustentada allí, por mil doscientos sesenta días [1260 días].

Ella termina de leer y deja la Biblia en el auto, se baja de éste para caminar un poco con Laica, llega hasta el mesón y pide al hombre que atiende allí, una botella de agua.

Mientras le entregan el pedido, una niña aproximadamente de 5 años, con cabello rubio como el color

22Q20

de los rayos de luz, piel clara y ojos azul índigo, se le acerca halándole la blusa desde abajo y le dice señalando con el dedo índice hacia el cielo:

—Que hermosa es esa estrella que brilla, ¿es un Ángel?

Mariana mira a la niña gratamente sorprendida, le sonríe y le dice:

—Hola hermosa

Atendiendo la indicación de la niña ella levanta su mirada hacia arriba para observar lo que la chiquilla le dice, el cielo está despejado y el sol brillante. Puede notar que hay pocas nubes, algunas de ellas detrás del sol, lo cual en principio pasa por desapercibido. El astro tiene un brillo particular ese día. Hace un calor característico pero el viento sopla alrededor.

Mariana se fija que, en el cielo azul, en un punto fijo hay una estrella brillante, que ilumina de manera especial a plena luz del día.

En ese momento son interrumpidas por la madre de la menor, quien enojada le dice a la niña mientras la toma del brazo:

—No molestes a las personas con esas tonterías, ya te he dicho que nada de eso existe.

Niña: Mira al cielo mami, es un Ángel.

Mariana observa sorprendida a la mujer mientras ésta se lleva a la chiquilla.

Mariana, le pregunta al vendedor del restaurante:

—¿Sabe usted que es lo que brilla en el cielo?

Vendedor: No lo sé, es muy extraño, no veo nada.

Mariana se cerciora que sea cierto lo que ella puede ver en el cielo y se queda meditabunda.

Mariana: ¿Cuánto le debo?

El vendedor le dice el valor a pagar.

Ella de inmediato le entrega el dinero por el agua al hombre y regresa a la camioneta, se sube junto con Laica al vehículo y busca la Biblia.

Allí encuentra un pasaje resaltado por Miguel Ángel que dice:

—Apocalipsis 12-1: Y una gran señal apareció en el cielo: una mujer vestida del sol, con la luna debajo de sus pies, y una corona de doce estrellas sobre su cabeza.

Ella revisa el mapa en el GPS del vehículo para trazar la ruta de su camino desde donde se encuentra hasta la ubicación aproximada de la señal en el cielo.

El hombre que atiende en el restaurante sale por un momento al parqueadero y disimula como quien no quiere, se le acerca a Mariana y le pregunta:

—¿Todo está bien?

Mariana: Sí, muchas gracias, continuaré mi camino. Llaman al vendedor desde el mostrador del restaurante para que vaya, mientras se aleja de Mariana le dice:

—Tenga cuidado, al parecer habrá descargas eléctricas.

Mariana: Si, lo sé, se avecina una tormenta.

Ella enciende el vehículo y toma su camino, al final de una recta larga se puede observar al fondo la montaña de arena con obeliscos, cubierta poco a poco por un cumulo de nubes. En lo alto se empieza a ver la estrella brillar con más intensidad y el cielo plagarse de colores hermosos.

Mientras, se puede distinguir el auto de Mariana alejarse en el horizonte del desierto, entretanto ella en su vehículo desaparece en la distancia sobre un camino en el cual empiezan a originarse descargas eléctricas que de repente interrumpen la calma, ráfagas de aire frio rotando en el cielo hasta crear una tormenta de aire, que se suspende en las alturas girando rápidamente, formando un vórtice con masas titánicas de aire turbulento que definen una silueta de viento y energía de la cual se despiden relámpagos, descargas eléctricas y pedazos de granizo del tamaño de pelotas de béisbol que caen a su alrededor.

Poco a poco se empieza a formar una supercélula hasta que una luz del cielo ilumina su camino, y todo se cubre de blanco.

«Y no temáis a los que matan el cuerpo, pero no pueden matar el alma; temed más bien a Aquel que puede llevar a la perdición el alma y cuerpo en el infierno.”
Mateo 10, 28 — Biblia Católica

Fin del Advenimiento.

Epilogo

Como el lector podrá haber notado, Mariana simboliza la iglesia de los creyentes, que son más que paredes y muros y vas más allá de una religión, somos aquellos que sentimos esa llama que enciende nuestras vidas y que arde en nuestro corazón, por muchos conocida como el alma y que solo puede ser arrancada si lo permitimos, sino luchamos contra las formas modernas del mal que se han transformado con el pasar de los años y de los siglos, confundiendo a la humanidad para que no nos permita distinguir entre el bien y el mal.

En este caso, el †demonio† de nombre †Belcebú†, que en el libro es también llamado Daemon, es quien representa a los enemigos de la Iglesia, tales como el ateísmo, el laicismo, el islamismo y el modernismo entre otros, que coinciden en tener un fin común, buscar por todos los medios destruir la Iglesia del Señor.

El Arcángel San Miguel, es el encargado de velar por los hijos del pueblo de Dios, considerado como protector de la Iglesia del Señor, cuando es llamado, viene en nuestra ayuda para contender con el †diablo†. Los ángeles justos tienen un rango y están sujetos a la autoridad, y por esta razón se utilizan como una imagen de la sujeción de la esposa a su marido (1 Corintios 11:10).

Teniendo en cuenta la fuerza del Arcángel Miguel, su sumisión a Dios es aún más hermosa. Si la sujeción de los ángeles es un argumento para la sujeción de la mujer, podemos ver que nunca se pretendió que la sujeción le quitara la fuerza, el propósito o el valor a una mujer.

Mariana fue salva debido a su propia gracia y fe, ayudada por la fuerza espiritual del Arcángel Miguel, sin embargo, aún tendrá que enfrentar las amenazas y trampas que sus enemigos al acecho le tienen preparadas.

Mi sugerencia personal y respetuosa cuando tengan dudas acerca de cualquier tema humano o del mundo, por más complejo o sofisticado que parezca, busquen la respuesta de quien nunca les mentiría, ese es Dios y su sagrada palabra está consignada en la Biblia.

Comparto con el lector unos pocos pasajes de la Biblia que considero pueden serles útiles en momentos particulares de la existencia:

"No se retrasa el Señor en el cumplimiento de la promesa, como algunos lo suponen, sino que usa de paciencia con vosotros, no queriendo que algunos perezcan, sino que todos lleguen a la conversión."
II Pedro, 3:9 — Biblia Católica

"Entonces dirá también a los de su izquierda: "Apartaos de mí, malditos, al fuego eterno preparado para el Diablo y sus ángeles."
Mateo, 25:41 — Biblia Católica

"Pondrá las ovejas a su derecha, y los cabritos a su izquierda. Entonces dirá el Rey a los de su derecha:

"Venid, benditos de mi Padre, recibid la herencia del Reino preparado para vosotros desde la creación del mundo."
Mateo, 25:33-34 — Biblia Católica

"Y la lengua es un fuego, un mundo de iniquidad. La lengua está puesta entre nuestros miembros, la cual contamina todo el cuerpo, es encendida por el infierno e inflama el curso de nuestra vida."
Santiago 3:6 — Biblia Católica

"Así habla Yahvé: ¡Maldito el hombre que confía en otro hombre, que busca su apoyo en un mortal, y que aparta su corazón de Yahvé!"
Jeremías, 17:5 — Biblia Católica

¡Es Palabra de Dios!

Impreso en Lisboa, Portugal, por: